去年の今日

長島有里枝

講談社

目次

去年の今日

翌日

「やっぱりわたし、踊ってくる」

反対する理由が思いつかず、「好きにしなよ」と睦《あつし》は言った。

「無理しすぎないようにね」

未土里《みどり》はその言葉に答えず、睦の目を見て笑ってみせる。

あ、作った。

そういう顔をするときの未土里は、睦の言葉を字義通りには受け取っていない。

「真希《まき》ちゃんがね、踊れば気が紛れるから来れば、って言ってくれてるの」

携帯電話でラインのメッセージをチェックしながら、未土里はさりげなく言った。

「ああ、あの人か」

発表会のときいつも真ん中で踊っている、未土里より五つだったか年上には見えないきれいな人だ。バレエ教室で十数年前に知り合ったらしい真希さんは、夏が来る前、一九年近く一緒に暮らした猫を看取ったのだと未土里が言っていた。ＰＢが倒れたあと今日まで、実務的なことから感情面までのあれこれを彼女に相談していたようだ。

「じゃあ、行ってきます」

食器棚の上に仮で置かれた、白い布に包まれた箱をそっと両手で挟みながら、囁くような優しい声で未土里は言って、その短いあいだにもまた泣いている。敷地内に停めた車の運転席から小さく手を振る彼女を見送りながら、途中で事故にあったりしないだろうかと睦は心配になった。ここ数日、同じベッドに寝ているので、ちっとも眠れていないことはなんとなくわかっていた。

睦にとっては悪夢のように辛い六日間だった。何もできない自分、同じように何もできないけれど、いつものようにベストを尽くそうとする未土里、その中間ぐらいのところで、母親を心配しながらやるべきことをやった樹木《きぎ》。あまりにもいろいろありすぎて、本音はいますぐ一人になりたかった。そろそろ自分のスタジオに戻って、一人で眠りたい。ところが、未土里の取り乱しかたは想像していたよりずっと激しく、そんなこととても言い出せる雰囲気ではなかった。どう考えてもあと数日、少なくともこの週末は家で過ごすべきだった。

一年の海外研修から戻った当初は、荷物の一部を預かってもらった未土里の家で暮らしながら、近くに借りた作業場へ毎日通うつもりでいた。でも、どこかで、いずれは自分のスペースで過ごす時間を、未土里にそうと気づかれないぐらいさりげなく、ゆっくりと延長していけるだろうと睦は考えていた。子育てが一番忙しかったころ、一人で海外に行ってしまった樹木の父親との離婚の要因を、未土里は「遠さ」と「無責任さ」に見出していた。付き合い始めてすぐに海外研修の話をもらった睦は、だからその機会を蹴ろうとしたが、「来年は忙しいし、あなたがいないのは好都合」と未土里に背中を押され、拍子抜けした。一緒に暮らさない人と煙草を吸う人とはお付き合いする気がないと、未土里ははじめに断言した。睦は彼女の意向を尊重するつもりだったが、それでも長く一緒にいれば、過去の恋人たちがそうだったように、一人でいないと制作できないという芸術家然とした睦の言葉に納得し、いずれは家に帰らない自由を認めてくれるだろう。そんなふうに、軽く考えていた。

家庭を持つことに一切興味のなかった睦には、家族としての暮らしは窮屈だった。なんだかんだと理由をつけては一日、また一日と、スタジオに寝泊まりする日を増やしていく。その過程で未土里と言い争いになることもあったが、新型コロナウイルスが流行し、家族が一日じゅう家で顔をつき合わせなければならなくなると、意外にも未土里のほうから「平日は帰ってこないで欲しい」と申し出てきた。正直、と睦は思う。バレエに行く元気があるなら、俺が自分の部屋に戻っても大丈夫なんじゃないのか。もちろん、実際そう言うことはできない。もし口にすれば、未土里は笑顔で主張を受け入れるだろう。けれど心のなかでは、睦がそういう自分を男として狭量だと考えるのと同じように、睦に失望するに違いない。そして、その発言は金輪際忘れ去られることなく、未土里が将来の方針を決定する際の、重要な判断材料のひとつとしてストックされるだろう。睦は自分が、未土里の多忙な人生の時間を費やす相手としてふさわしいかどうかという観点から、常に値踏みされているのを感じていた。そして、不自由とか不公平とか、甘えすぎだと彼女が思う態度を睦が取り続ければ、ある日彼女は、睦が自分に必要な存在ではなかったと気づいてしまうだろう。そのことがわかったとき、彼女なら躊躇なく別れを切り出すはずだし、そこから挽回するチャンスは睦には与えられない。未土里はそういうことができる人だと、睦にはわかっていた。おそらく、睦を失っても平気な振りをする必要すらないほど強い彼女は、泣いたり苦しんだりする自分も丸ごと背負って、着実に人生を先に進むのだろう。それがわかっているからこそ、他の女性には感じたことのない安堵を覚えるのも事実だった。男に守られたり、世話を焼かれたりすることを、未土里は一切望まない。彼女らしくいることを邪魔しない、ただそれだけが期待されている。そのぐらいの望みであれば自分にも叶えられる気がする。だから彼女とは一緒にいるんだと、睦は思う。

見慣れた夕暮れの景色のなか、ゆっくり車を走らせながら未土里は、さっき睦が言ったことの真意について考えた。あれを、純粋な優しさから出た気遣いの言葉と受け取っていいのか、それとも、こんなときまでやりたいことを優先させる自分への、遠回しの苦言だったのか。一〇年来の恋人の言葉さえいちいち勘ぐってしまう性質を、自分でもときどき残念に思う。別れた夫とうまくいかなかったのも、優しさや心配に似せた言葉で小さなわがままを言う彼を、少しも可愛いと思えなかったからだった。子供じみたやり方で女を縛ろうとする男のせいで不幸になるのは絶対に嫌。一〇代のころからそう考えてきたのだから、いまさら変えられないこともわかっている。薄暗い車内で、助手席に置いた携帯電話の画面が白く光る。赤信号で停止したタイミングで画面を覗き込むと、「気をつけてゆっくりおいでー」というメッセージの送り主は真希ちゃんだった。真希ちゃんは不思議な人だ、と未土里はいつも思う。彼女の優しさは、決してわかりやすいものじゃない。感情が、可能な限り抑制されているというか、分別のある感じというのか。あまりにさりげなさすぎて、それが優しさからくる言動だとその場では気づけないこともよくある。それなのに、彼女の側にいるといつも、誰かに静かに寄り添われたとき二の腕に伝わってくる体温のような温かさを感じる。

スタジオに入ると、着替えを済ませた真希ちゃんはリノリウムの床の上でストレッチをしていた。金曜夜のクラスは、大人になってからバレエを始めた三〇代から五〇代の生徒五人と、この教室に通いながら大人になった二〇代の子一人でメンバーが固定されつつある。日曜クラスの受講者は、多いときで一四人にもなる。それに比べるとこのクラスはのんびりした雰囲気で、人との距離も取りやすかった。

「おはよう」

マスクで目元しか見えなかったが、真希ちゃんはいつものように微笑んでいた。夜なのに朝のあいさつをする慣例に未土里はいつまでも馴染めず、「こんばんは」と答えてから更衣室に入った。レオタードの上にジャージを羽織り、ストレッチの効いたハーフパンツの下にレッグウォーマーを穿《は》いて外に出て、真希ちゃんの隣に座る。バレエ教室に入りたてのころ、火曜の初級クラスで一緒だった宮崎さんに優花《ゆうか》ちゃんという高校生の娘がいて、いまではその子が金曜クラスの講師をしている。優花先生は、黙々とストレッチをする未土里たちの目の前で、なにもかもがこれから、みたいな夕方クラスの高校生たちにグランフェッテを教えている。

六日間にわたる手当ての甲斐なく、昨晩PBが亡くなったことは今朝、ラインのメッセージで真希ちゃんに伝えていた。真希ちゃんはかなり長いあいだ、愛猫であるリルケの介護をしていた。その合間を縫ってときどき、駅前の立ち飲みバルで一緒にビールを飲みながら、リルケともPBとも、別れのときが近づいているのを感じるねと話をした。梅雨からこっちは、リルケの様子を真希ちゃんのSNSの投稿でチェックした。話すと泣いてしまうから、という理由で、真希ちゃんは詳しいことを話したがらなかった。リルケが亡くなったことも、未土里はSNSで知った。

PBに大きな痙攣《けいれん》が起きたあと、未土里は一度だけ真希ちゃんにメッセージを送った。意識を失ったまま目を開けなくなったPBの、前足に刺したままの針から薬を注入しても、一時間半か二時間するとまた痙攣の発作が起こる状態になったときだ。東京では、新型コロナウイルスの感染状況がこれまでになく悪化していた。街全体がピリピリしていて、動物病院の待合室でも、長時間の待機は許されなかった。病院に残して治療をするか、自宅に連れて帰るかの二択を迫られた未土里は、医者の言葉の真意が飲み込めず困惑した。そもそも昨日までは、なにも変わらず家じゅうをトコトコ歩き回っていたんじゃなかったっけ。治療をしなければ死んでしまうけれど、治療のために病院において帰れば死に目に会えないかもしれないなんて言われても、実感が湧かなかった。PBが目を覚まし、劇的に回復する可能性を獣医に尋ねても、「目を覚ますかもしれないし、覚まさないかもしれない」という曖昧な答えしか貰えない。睦にも樹木にも初めての経験で、どうしたらいいのか誰もわからなかった。困り果てた末、真っ先に思い浮かんだのが真希ちゃんの顔だった。

真希ちゃんならどうするか、未土里は知りたかった。

本当に知りたかったのはどうすればいいかではなく、どうしてそんなことになったのかだった。忙しさにかまけて、ＰＢは元気だと思い込んでいたけれど、もっと早く、こまめに血液検査を受けさせていたら、こんなことにはならなかったんじゃないか。見た目はフワフワして愛らしくても、ＰＢはもう一六歳だった。なぜわたしは、彼女の健診のペースを若いころよりも頻繁にしておかなかったのだろう。動物が身体の不調を訴えられないことなど、ちょっと考えたら子供にもわかる。なのにどうして、わたしはそう考えなかったのか。視力をほとんど失ったＰＢが歩く高さのあちこちに貼りつけたプチプチの緩衝材、トイレ以外の場所にも敷きつめた吸水シート、引きずっている足のために新調した低反発の大きなベッド。すべてを老いのせいにして、見たところは元気そうだから大丈夫、で片付けてしまっていたんだろうか。

最初に激しい痙攣の発作が起きたのは、月曜日の朝五時半だった。いつも一番に起きる睦が階下に降りると、丸くなって眠っていたＰＢも目を覚まし、むっくりと起き上がる。認知症を発症している可能性もあった彼女は、寝起きでぼうっとしていたのか、ぼんやりした様子でベッドの上に座っていたらしい。その様子が愛らしくて、睦は思わず、声をかけずに彼女を撫でた。目が見えないせいで、不意に身体を触られるとひどく驚いてしまう

PBは、そのショックで痙攣を起こしたのだった。

ワクチン由来の熱からようやく回復した朝、ベッドでまどろんでいた未土里は、階段を急いで駆け上がってくる睦の足音を聞いた。「どうしたの?」起き上がって尋ねる。「PBがすごい痙攣してて、止まらない。どうしよう」普段から感情を表に出さない睦は、未土里には落ち着いてみえた。久々に使う自分の身体を試すようにベッドからゆっくり起き出し、階下へ向かう。未土里の目に、ダイニングテーブルの下に据えられたベッドに横たわったまま、身体を小刻みに、同時に大きく揺らして、静かだけれど騒々しく横たわっているPBの姿が映る。事態の深刻さに、未土里はそこで初めて気がついた。

運が悪いことに、どこの救急動物病院も夜間診療を終え、通常診療までしばらく休診している時間だった。未土里の説明を聞いた電話口の人たちは、医者が入れ替わるから無理だとか、近所の病院に行って欲しいとか、一様に答えて電話を切った。ネットで調べた時間外診療対応の病院すべてに電話し終えた未土里は、動物は人と違って「そこまで」してもらえないのだということを悟った。他になす術がなく、睦と樹木に痙攣するPBをベッドごと車に乗せてもらって、家族総出でかかりつけの動物病院へと向かう。道すがら、「ピビちゃん大丈夫だから、もうすぐ楽になるから」と、樹木がPBを励まし続ける。

病院のインターフォンを押したが応答はなく、入り口の駐車場で出勤してくる人を待つ。

しばらくすると受付に人影が見えたので、急いでなかに入れてもらった。担当医は出勤前で、代わりにPBを診ることになったのは年配の女性獣医師だった。彼女は処置室のPBを見るなり、「なぜこんな状態になるまで放っておいたの！」と未土里を怒鳴りつけた。その一言が、たったいま目の前で起こっていることすべての意味を、一瞬にして決めてしまった。そばにいた樹木は戦慄していたが、すぐに恐れを怒りに変え、憮然とした表情で佇《たたず》んでいた。そんなことはいいから、いますぐPBを診てよ！　と未土里は心のなかで叫んだ。

それ以来、未土里は自分のことを責め続けてきた。放っておいたつもりはなかった。その前日も、前々日も、PBは病院を受診していた。ただ、どれだけ考えても、もっと早く病院に連れて行っていたらこんなことにはならなかったはず、という後悔を払拭することはできなかった。病院の開いていない時間に発作が始まったこと以外にも、運の悪さが重なっていた。PBの不調に睦が気づいたのは、外出を控える生活が始まってからは数えるほどしかなくなっていた未土里の出張中だった。PBがご飯を食べない、と睦から連絡があったとき、未土里はそれを、たまたま間違えて購入した別の味のドライフードのせいだと思っていた（そして、それは初めてのことではなかった）。睦も樹木も運転ができず、年老いたPBを電車で通院させることも考えられなかった。ご飯を変えてもダメだと聞いて未土里は一日早く帰宅したが、翌日は自分のワクチンの予約で病院に同行できず、代わりに樹木と、運転のできる樹木の祖父がPBを病院に連れて行った。帰宅した樹木から聞いた病状の説明は要領を得ないように思えたが、やがて副反応の発熱で考えるのも億劫になった未土里は結局、次の日も病院に同行しなかった。

意識の無くなったPBを夜どおし交代で見守りながら、彼女にしてあげられる最良のことはなにか、未土里は考え続けた。あの子はいま、どうして欲しいだろう。タフなわたしの娘。あの子のことを一番わかっているのはわたしだ。これまでにも幾度か訪れた命の危険を、わたしたちは共に乗り越えてきた。漠然と、しかし疑うことなくそう考えてきた未土里はそのとき、PBにとってのベストどころか、これまでしてきたことすべてが正しかったのかどうかすらわからない自分に気づいた。昏睡状態にあるからではなく、そもそも彼女は言葉を話さないし、自分について、人間よりずっとシンプルな情報しか発信しない。いや、したくてもそうする方法を持たない存在だからわからないのだ。PBの望みを正確に理解することは誰にもできない。言葉が話せたって、誰かの本当の望みを知ることなんてそうそうできないのだから。そんな当たり前のことを、こうなるまで考えてみなかった自分が未土里はどうにも許せなくて、苦しかった。それでも、痙攣が止まらないPBを深夜に駆け込んだ隣県の救急病院に置いて帰るのか、朝になったらかかりつけの病院に移動して治療を受けさせるのか、酸素室を家に準備するのか、どの時点ですべてを手放すのがＰＢの負担にならないのか、判断するのは未土里だった。誰にもわからないことかもしれないけれど、ＰＢには選べないのだからわたしが決めるしかない。

未土里ちゃんが後悔しないように選んで、どのみち後悔は残るけど。

真希ちゃんから戻ってきたこの返事の意味が、そのときはまだわからなかった。ＰＢの命に関わることを、自分が後悔しない方法で決めるのは正しいことなんだろうか。そうするより他にはないことを頭では理解していても、その権利が自分にあってはいけない気がして後ろめたかった。

末期がんで死んだ祖母のことを思い出した。告知は残酷だからしないと決めたのは、祖父と叔父だった。あれだって、祖父たちの自己満足だったに違いない。祖母の遺品を片付けていた母が、本棚にあった『家庭の医学』のがんのページに三角の折り目を見つけ、母さんは知ってたんだねと泣いていたことを、未土里は忘れられずにいた。祖母のために病名を隠す家族と、家族のために自分の病気がなにかを知っていることを隠す祖母。わたしなら知らせて欲しい、と未土里はずっと考えてきた。だってそれは、自分の問題だから。

「おつかれさま」

黙って並んでストレッチをしていた真希ちゃんが言った。眩しいものを見るみたいな顔で笑う彼女は、言葉にならないなにかを伝えようとしているみたいに見えた。

「うん」

すべて話したかったけれど、未土里はそれ以上なにも言わなかった。

「来れてよかった」

真希ちゃんはそう言って立ち上がる。

「レッスン始めまーす」

優花先生が生徒たちに声をかける。未土里も立ち上がり、いつもと同じ位置でバーにつかまる。


踊りながら、未土里は何度か泣きそうになった。音楽に合わせて身体を動かすことで、大抵の嫌なことはどこかへ霧散し、クラスが終わるころにはすっかり忘れてしまうのに、PBのことに関してはまったくそうならなかった。それどころか、未土里はPBが同じフロアにいるのを感じた。自分の足もとを、昔のように目が見えて、ものすごい速さで自由自在に走り回れるようになった彼女がうろちょろしている。未土里のことなど気にも留めず、いつもキッチンでそうしていたみたいに、黒く濡れた鼻をすんすん鳴らしながら、床の上にすべらせる。

　なんだピピちゃん、こんなところにいたの。どこ行っちゃったのかと思った。

痙攣を起こした朝みたいに、驚かせてどこかへ消えてしまわないよう、できる限り優しく、静かな声音で未土里はＰＢに話しかけてみる。返事が返って来ないとわかっていても、いつだってそうしてきたように。

　お母さんはピピをお留守番させて、このバレエ教室に通っていたの。もしピピが人間の娘だったら、きっと二人で一緒に習ってたね。

足を止め、床を見つめたまま静かに話を聞いていたＰＢは、嬉しそうに顔を上げて未土里に笑いかけた。彼女の笑顔を見るのは、それが初めてだった。未土里はただ嬉しくて、愉快な気持ちになってくるのを感じた。バーにつかまり、プリエやタンジュ、ジュッテやフォンデュをするあいだ、ＰＢは未土里の周りをただただ嬉しそうに歩き回っている。パドゥシャやアラベスクのときには、ふざけて足に戯れついたり、危なっかしいほど近くをすり抜けたりするのでハラハラした。

お母さん、お母さん！

わたし絶対にぶつからないから、思い切り踊ってみせて！

ふくらはぎを前足でかりかり掻いてくるＰＢを抱き上げて肩に乗せると、耳元でそんなふうに叫んだ。

この日、レッスンの前に未土里たちはＰＢを荼毘《だび》に付した。祖母が可愛がっていた犬たちと同じ都内のお寺で葬儀をしてもらえることになって、未土里は心から安堵した。人間じゃないから、という理由で適当なことをする動物の葬儀社があるかもしれないと思うと、気が気ではなかった。ＰＢが倒れてからずっと、一緒にいられるならなんでもすると泣き続けてきたのに、命を終えてどこかへ行ってしまったようにみえるＰＢの、身体だけでも引き留めておきたいという気持ちにはなぜかならなかった。未土里はふたたび真希ちゃんに、荼毘に付すタイミングをラインで尋ねた。もう一日待つかどうかの選択には、良い点と困った点がそれぞれにあるようだった。お母さんが決めていいよ、と樹木と睦が言ったとき、未土里の心はすでに決まっていた。

PBが息を引き取った晩、未土里は居間のソファで彼女と並んで眠りについた。九月の初めだったが、雨のせいで外は急に秋めいて肌寒かった。十分涼しい部屋に冷房を入れ、PBの亡骸が傷まないようにした。睦が押入れから引っ張り出してくれた冬の布団を未土里は被り、ときどきPBを撫でた。生きていたときは、ベッドに丸まって眠るPBがあまりに動かないと怖くなって、お腹をじっと見つめた。すると必ず、脇腹あたりのフワフワの毛がゆっくり上下にそよいでいるのが確認できる。それで未土里は安心して家事なり仕事なり、自分の世界に戻ることができた。いまはもう、ぴくりとも動かない。そんなPBの身体を見ていると、涙が溢れてきた。悲しいとか、辛いと感じるよりも先に、涙がただこぼれ落ちてしまう。やれるだけのことをやったのは、未土里もPBも同じだった。激しい発作のあと、こんなに長く頑張れるとは思わなかったと医師たちは言った。未土里にわたしが死ぬことを納得してもらうまでは死ねない、とでもいうように、PBは呼吸をし続けた。

最初の発作のあとは、触ることで痙攣が誘発されるという理由で抱くことを諦め、家族は恐る恐る、PBの頭や背中を控えめに撫でてやることしかできなかった。最後の日の午後、点滴を終えたPBを病院に迎えに行くと、発作が治まっていますと医師から伝えられた。痙攣を誘発する刺激を与えないよう、朝晩通う幹線道路を慎重に、制限速度通りのスピードで帰路に着いた。医師の言うように、家に戻ってからもＰＢは痙攣を起こさなかった。でも、実際はＰＢに、全身を震わせるような痙攣を起こすだけの力がもう残っていないだけだと、未土里は気づいていた。瞼だけがときどき微かに、瞬くように痙攣しているのを未土里は見逃さなかった。

酸素室のなかに横たわるＰＢを見守る静かな時間が過ぎていった。ふと、今なら抱きしめてあげることができるんじゃないか、と未土里は思った。交代で夜中の看病をするために、早めに床に就いた睦をのぞいて、まずは未土里がＰＢを抱き上げ、声をかけた。頭を撫でている樹木にＰＢをそっと渡す。樹木は優しくＰＢを抱きしめ、語りかけ、ふたたび未土里にＰＢを託した。「大好きだよ」「ありがとう」二人は口ぐちに思いを伝え、頬擦りをし、キスをした。たくさんの涙が、きつね色のＰＢの身体に落ちては染み込んでいく。それから未土里は、小さく呼吸する彼女の身体をベッドに戻してやった。体温が下がらないようにかけていた布団でＰＢを覆う前に、写真を撮りたいという樹木を少しだけ待った。後悔しないように。未土里も写真を撮ろうと、ｉＰｈｏｎｅを手に取った瞬間、

「あっ！」

樹木と未土里は固唾を呑んだ。身体の力がだらりとぬけて、まったく動かなかったＰＢ

が大きく一度、伸びをしたのだ。それから前肢と後肢をぐっと近づけた。息を吸い込んだところで、呼吸が止まる。

「ピビ！　ピビちゃん！　まだいかないで。お願い！　もっと一緒にいようよ、ねぇ。お願い！」

未土里が叫ぶなか、樹木が睦を呼びに二階に駆け上がる。未土里は繰り返しＰＢの名前を呼んだ。返事がないとわかっていても、呼び続けた。


バーレッスンとフロアレッスンの合間に、練習曲ふたつ分の時間で生徒たちはおのおのストレッチをおこなう。身体を冷やさないよう汗を拭き、再びジャージを羽織った未土里も床に腰を下ろし、鏡に向かって足を伸ばして前屈を始める。開脚した足の上をぴょんぴょんと、左右順番に飛び越えて遊ぶＰＢの姿は、スタジオの壁一面を覆う鏡のどこにも映っていなかった。視界がじんわりとぼやける。目のなかに収まりきらない涙が溢れ、マスクに隠れた頬を伝っていく。慌てて壁のほうに向き直り、バーにかけておいたタオルを手に取って、汗を拭くふりで涙をぬぐう。マスクを顎にずらして鼻水も拭く。マスクがうまい具合に顔を隠して、周りの人には気づかれなかった。

お母さん、泣いているの？

ＰＢは、いつのまにか未土里の斜め前に立って、未土里を見上げている。

わたしたち、楽しいこともいっぱいあったでしょう？

わたしが悲しい姿になったのはほんのわずかな時間だったはず。

そう言ってＰＢは、あの日と同じ顔でわたしを見つめた。出張から帰った日の晩、荷物を置いて手を洗い、彼女を抱き上げたときの顔だ。四、五年前から徐々に目が見えなくなって、最近は抱っこしても目が合わなくなっていたのに、あのときは違った。おとなしく抱かれたＰＢは、何か言いたそうに未土里の顔をじっと見つめていた。あの表情をどう言い表したらいいのか、未土里はいまでもわからない。まだ子犬だった彼女を思い出させるようなあどけなさと信頼、眼差しには最大限の優しさと愛情が籠もっていた。犬がそんな顔をすることも、こんなふうに何かを伝えようとすることがあることも未土里は知らなかったし、考えたこともなかった。未土里とＰＢとのあいだに特別な時間が流れ、未土里はふと、動物は死ぬ前、飼い主に感謝の気持ちを伝えようとすることがある、という話を思い出して怖くなった。

そんな顔するの、やめてよ。

やっとの思いでＰＢにそう伝えて、未土里は目を逸らした。そのことはいまも後悔しているが、そうしなければ、ＰＢが死んでいくのを許すことになる気がして嫌だった。あまりにも幼稚な方法かもしれなかったが、子供のころ、電気を消した部屋の天井にうっすら見える怖い顔を、あれはうそだと繰り返し呟いて無かったことにしたように、ＰＢが死ぬ可能性を打ち消したかった。でもいま、バレエ教室にまでついてきたＰＢは、そのとき考えないようにしていたことを言葉にしてしまった。ＳＤカードが身体に直接差し込まれ、脳内の画面にじかに情報を書き込んでしまったみたいに、あの晩ＰＢが伝えようとしたメッセージが未土里のなかに現れた。


お母さん、もうすぐわたしに辛いことが起きます。

あなたは優しい人だから、そんなわたしを見てきっと泣くでしょう。

誰でもいつかは、生きることを終わらせなければなりません。

だから悲しまないで。

誰のせいでもないし、あなたなら必ず乗り越えられますから。

いままでありがとう、わたしはあなたの娘で幸せでした。

そうだ、そう。あなたはそう言ったんだったね。

手に持ったタオルで両方の目を押さえる。声は出さなかったが、涙は止められなかった。

さあ、そろそろ始まるから泣くのはやめて。

ほらこうして、いままでついて行けなかった場所にもこれからは一緒に行けるから。

涙を拭いて、もう一度わたしを背中に乗せてください！

ＰＢはそう言うと、未土里の背中をカリカリと前足で掻いて、そのままぐうっと伸びをした。

フロアレッスンのあいだ、ＰＢはずっと未土里の背中に乗ったままだった。後ろにいて見えないはずの、はしゃいで喜ぶＰＢの様子が、なぜか未土里にははっきりと見えた。最後のパであるグランを練習するころにはなんだか楽しい気分になって、こうして一緒に踊れるなら、死ぬっていうことは自分が考えていたのとは少し違うなにかなのかもしれないとさえ、未土里は考え始めた。
二人は並んで優花先生のお手本を眺めた。ピルエットからトンベ・パドブレ・グリッサード、グラン・ジュッテ。第三アラベスクでポーズのあとシャッセ、フェッテ、もう一度シャッセしてジュッテ・アントルラッセ。ポーズしてピケを四つ、ソッテで袖に捌ける。
PBは舌を出して少し興奮気味に呼吸しながら、

お母さんなら跳べますね。
わたしも一緒にやってみたい！

と嬉しそうに叫ぶ。

もちろん、できるよ。任せて！

小声でそう呟いてみると、未土里の顔に自然と笑みが浮かんできた。独り言も、にやにやしていることも、マスクで隠れてしまうのはよかった。未土里の考えを読んだPBがケラケラと笑う。一番手は真希ちゃんだ。誰よりもたくさん練習している彼女はとても綺麗だった。二番手の未土里は、ＰＢを喜ばせようという気持ちが強くなりすぎて、アラベスクで少しバランスを崩した。それに引きずられて焦ってしまい、フェッテの向きと、アントルラッセで上げる腕を間違えた。

　まぁ、こんなもんかな。

未土里がすこし背中を振り向いて言うと、ＰＢはもういなかった。

　楽しかった。久しぶりに思い切り、駆け回りました。

言葉だけが、まっすぐ頭のなかに届く。またね、と未土里は返事をする。

「今日さ、後半ちょっと楽しそうだったよね」
レッスン後の更衣室、汗拭きシートで身体を拭きながら真希ちゃんが未土里に言った。
「ああ」
自分の話が信じてもらえるか分からず、一瞬躊躇してから未土里は「ＰＢと一緒に踊ってたからかな」と言ってみる。その答えに真希ちゃんは少しも驚かず、にっこり笑って「よかったね」と言った。真希ちゃんもしばらく一緒だったね、と言おうとして未土里はやめた。リルケを亡くしたあと、真希ちゃんはしばらく猫のチャームがついたペンダントを身につけていた。

「ピピちゃんはきっと嬉しかっただろうね」

Ｔシャツから頭を出しながら、そんなことをさらりと言う真希ちゃんに、未土里は無言で頷いてみせる。いまやＰＢは、あちこち自由の利かなくなった身体を手放して、若かった頃のように走り回ることも、ふたたびできるようになった。そんなふうに考えても許してもらえるだろうか。それだけじゃなく、犬だったときには行けなかった場所にも行ける、という風に。散歩中に、通りすがった自動ドアが開くたび、当然の権利みたいになかに入ろうとしたＰＢの姿が、昨日のことのように思い浮かぶ。未土里が何度となく行手を阻まなければならなかった、コンビニの店内にも入れるようになったんだろうか。

「真希ちゃん」

「ん？」

真希ちゃんは靴下を穿く手を止め、未土里を見る。

「ここにくる前、お別れしてきた。もう、抱っこはさせてもらえない」

未土里の言葉を一瞬で理解した真希ちゃんは、目を伏せて「そっか」と言い、更衣室に入ってくる人から未土里の泣き顔を隠すように、彼女をそっと抱きしめた。

フィービーちゃんと僕

ズズズ、という振動音が聞こえた気がして、樹木はパソコンのモニターから視線をはずす。机の隅から、参考資料に埋もれたｉＰｈｏｎｅを発掘して手に取ると、壁紙にしたＰＢの写真を遮るように、「ごはん」とだけ書かれた白い吹き出しが画面に浮かんでいた。送り主は、階下で食事の支度をする母だ。時刻は20：46、この二週間で一番早い夕食になりそうだなと、なにも言わず空腹に耐えていた樹木は安堵した。課題のレポートをいったんセーブし、どたどたどた、と大きな足音を立てて階下へ向かう。時間をかけて作った食事が冷めると機嫌を損ねる母に、急いで降りてきたと思ってもらうためだ。

ほとんどの仕事がオンラインに切り替わって、それが常態化したあとは居間が未土里の仕事場となった。電気が消えたその部屋はいま、知らない場所のようによそよそしく静まりかえっている。キッチンから漏れる明かりにうっすら照らされたソファには、乾燥機から取り出した洗濯ものが山のように積まれ、畳まれるのをじっと待っている。ソファの脇には犬用のベッドが置いてあるが、丸くなって寝息を立てているはずの主はもういない。前足で上手にくぼみを作って使っていたアイスクリーム柄のブランケットもきれいに洗濯され畳まれて、ベッドの上でしん、としている。居間とキッチンを仕切る扉はずいぶん前に外され、ペット用の低い柵にすげ替えられていたが、いまはその柵も取り払われて、不格好な、用途不明の空洞が開いたようになっている。キッチンから、男たちの笑い声が聞こえる。きっと料理中の未土里が、ノートパソコンでお笑い番組の見逃し配信を見ているんだろう。

「手伝おうか？」

まな板の上でなにかを刻んでいるらしい母に、樹木は声をかけた。振り向いた未土里はぼんやりした顔つきで、えー、とも、やー、とも聞こえる声を出したきり、すぐまたまな板に向き直る。

「テーブル拭いて。それからお箸と青い小皿を一人二枚。ご飯もチンして」

刻み終えた青ねぎを、ガス台の上で弱火にかけた味噌汁に入れながら、未土里は振り向かずに答えた。味噌汁の隣ではたっぷりと水を張った、母が留学時代から使っているというアメリカ製の大きなフライパンが強火にかけられている。まな板の横に置かれた新聞紙の上の、筋をとったインゲンを茹でるんだろうな、と樹木は思う。この二週間、未土里の作る料理はシンプルなものばかりだった。インゲンは、下茹でしたあとにバターで炒めるか、あるいはそのままマヨネーズとすりごまをかけて食べるかのどっちかだろう。どちらも未土里が子供のころに食べたという、彼女の祖母の思い出の味だ。ＰＢが死んでから、母はずっとよそよそしいオーラを放ち続けている。ひとりになりたい気持ちは痛いほどよくわかるが、樹木は敢えてその邪魔をするようにしていた。ガス台の隣の白い冷蔵庫に近づき、扉に貼り付けられたオレンジ色のキッチンタイマーのボタンをピピピ、と連続で早押しする。

「一分四五秒でいい？」

未土里はやはり顔を上げずに「ああ、そうね」と呟く。母の身長をすっかり追い越した樹木は、小さいころと変わらない気持ちのまま視点だけ俯瞰ぎみで、未土里の料理する様子を冷蔵庫の前から眺めた。この家で、母はいつも自分から姿の見えるところにいて、母のそばにはいつもＰＢがいた。ダイニングテーブルで仕事をし、キッチンで食事の支度をする母の隣で、樹木はいつもその日にあったことや聞いて欲しいことを喋った。話しかけても反応がないとき、母はたいてい、ものすごい集中力で仕事をしている。だから樹木は話しかけるのを諦め、足元でうろうろするＰＢを抱き上げて可愛がったり、おもちゃを使って彼女の気を引き、一緒に遊んだりした。そうやって床に寝転がっている樹木が未土里に、「大きくなったんだから、火の近くでうろうろ、ごろごろしたら危ないよ」と冗談めかして言われるようになったのは、中学生になったぐらいだっただろうか。

「あ」

新聞紙からインゲンが一本落ち、足元に転がったのを目で追いながら、未土里が微かに声を上げた。それきり拾おうとする気配はないので、樹木が拾い上げる。手渡すと、未土里は無言でそれを受け取る。

「急いで拾わなくたって、誰も拾って食べたりしないんだよ」

そう言って、樹木をまっすぐ見つめ返した未土里の頬には、涙が伝っていた。

「玉ねぎだって、落としたままでもう、誰も死なないから」

きっぱりとした口調でそう言う未土里が、樹木には小さな子供のようにも、なにかと闘う戦士のようにも見えた。


うちのなかで唯一リフォームされていないキッチンは、四〇年前のデザインのせいか無駄に広い。中途半端に動線が長くて使いづらいと樹木は思うが、いまどきこんな広い台所は探したって出てこないのだと未土里は誇らしげに主張する。樹木が小学校に入学する前年の暮れ、一家はこの家に引っ越してきた。シングルマザーでありながら、三五年ローンで中古の一軒家が買えたことは未土里の自慢だった。ここの前に住んでいた隣町のマンションの家賃と駐車場代より、月々の支払いは五万円安くなった。それなのに、「最後は自分のものになるの、すごくない？」。酔っぱらうと、未土里はいまだにその話をしてくる。

畳は踏むとぶかぶかし、玄関の扉は腐ってすきま風が入るボロさだったが、おじいさんの代から大工だという未土里の従兄弟（僕にとっては悠《ゆう》ちゃんおじさん）が、引っ越しの直前までこの家に住み込んで床を張り替えたり、壁をぶち抜いたりして住める状態にしてくれた。その後は未土里がコツコツお金を貯め、リフォームを重ねながら住み続けている。重たい瓦を降ろし、ガルバリウム鋼板の屋根に葺《ふ》き替えたすぐあと、東日本大震災が起こった。その直後は何度か未土里から、「お母さんになにかあっても、きいくんにはおうちと土地が残るからね」と真顔で言われた。九歳の子供に、母親の死を予感させるようなことを言う未土里の鈍感さが、樹木は嫌でたまらなかった。黙っていると、なにかを察したのか「ピビちゃんがいるんだから、大丈夫」と声のトーンを変えて未土里は言い、抱きかかえたPBの顔を樹木の顔に近づけた。嫌がって、歯を剝き出しにして低く唸り、怒り始めるPBが可笑しくて、未土里も樹木も吹き出した。

一人で子供を養い育てることは、未土里にとってそれほど先行きの不安な、責任の重い仕事だったのだろうと、一九歳になった樹木は思う。いつだったか、自分の家を持つことは彼女の夢でも、屋根の下で寝るために働き続けるという悪夢からの解放でもある、という趣旨の話を聞いた覚えがある。金銭面の援助が誰からも期待できなかったことは、母の不安をもっと大きくしただろう。妊娠後期からひとり暮らしだったというし、昔の写真に父は写っているが、一緒に暮らしてはいなかったと聞いた。詳しく知りたいとはまだ思えなくて、樹木はその辺りのことをよくわからないままにしている。父との離婚の理由は、「お父さんの世話だけでもなくなれば楽だと気づいたから」だと説明されていた。

離婚後、約束した月々の養育費が支払われることはなく、未土里は実家の父に協力してもらって樹木の父親を説得し、なんとか公正証書を作成した。それまでは近所に住み、しょっちゅう遊びに来ていた父だったが、それを境に実家のある静岡へ帰ってしまった。その後も誕生日だ父の日だと、理由を見つけては未土里が彼をせっついたので、樹木には定期的に会いに来た。小学校高学年になると、電車賃がないという父の代わりに、樹木が都心や父の地元まで会いに行った。自分はできるだけ関わらないほうがいいと未土里は思っているらしく、高校に進学してスマホを持った樹木は、「これからは自分でお父さんと連絡取りなさいね」と告げられた。「生物学的な繋がりの上にあぐらをかくような関係しか構築してこなかった」と未土里が嘆くところの父親とは、成長するにつれて話したいことも特になくなっていき、樹木から父に連絡することはほとんどなくなった。父からは、日々の小さなことを知らせるメールとか、地震や豪雨があれば安否を確認するメールがいまも届く。そのことを伝えると未土里は眉をひそめ、「そんなの当たり前じゃん。優しいなんて思わないで、それだけかよ、って怒っていいんだよ」と言う。本当の親子ってなんなんだろう、と樹木は思う。若いころの未土里は親とよくぶつかったらしく、いまでもときどき祖母と喧嘩している。樹木には、親と喧嘩をする自信がない。面倒な子供だと思われたら、父からの連絡は途絶える気がするし、ここまで一人で自分を育ててくれた未土里には、歯向かうことさえ申し訳なくてできない。

新型コロナウイルスが流行してからは父と会うこともなくなり、一九歳の誕生日には「樹木は受験するの？」というメッセージ（一年前、大学生になったとSMSで報告したにもかかわらず）が届いた。公正証書が定める養育費の支払い義務は二〇歳までだったが、残りの支払いを前倒しで終えたいと樹木の父から連絡を受けた未土里はしばらく不機嫌だった。大学の学費、全部わたしが払えってことだよね。樹木の父親を最も不甲斐なく思い、腹を立てているのは彼女なので、父の近況を探っては怒り出す母に余計な話を聞かせないよう、樹木は気をつけている。父と遊んだ小さいころの記憶は多く、樹木にとって父は面白くて優しい人だ。母親の気持ちは理解できないが、父親より「先に死ねない」という思いが未土里を奮い立たせ、ここまでの生活を支えてこさせたのだとは思う。自分の選択のせいで子供に不自由させることが耐えられない。そんな気持ちが母のなかにあることを感じながら、樹木は育った。新自由主義の完全なる犠牲者。団塊ジュニアの母に対して、樹木はそう思うことがある。

引っ越しの最大の決め手は、やっぱりPBだった。住んでいたマンションはペット禁止の物件だったのだ。家の契約が終わった日の夕食は、樹木の大好きなハンバーグだった(写真に残っている)。これからはピビちゃんを堂々と散歩に連れて行けるよ。よかったねえ、茶色ちゃん。まだ若くて、背中にうりぼうみたいな黒い毛が残るPBの頭を、膝の上で満足そうに撫でながら、未土里は言った。樹木はりんごジュース、未土里は奮発して買ったスパークリングワインの白で乾杯をした。


「お母さんは玄米でいい？」

樹木の問いかけに、未土里は答えない。

機嫌、悪そうだな。冷凍庫から、一つ一四〇グラム前後になるよう、睦が量ってラップに包んだ白米と玄米を一つずつ取り出し、電子レンジに入れながら樹木は思った。元気がないと言ったほうがいいかもしれない。PBがいなくなってからこっち、彼女の涙を見ない日は一日もない。夜中、隣の寝室でうなされ、悲鳴とも咆哮ともつかない声をあげる未土里に起こされることも一度じゃなかった。未土里を揺り起こし、啜り泣く彼女をなだめる睦の低い声を聞きながら、樹木は再び眠りの世界に戻る。自室で課題をしていて、ベッドで泣きながら睦と話をする未土里の声が聞こえてきたら、ヘッドフォンをつける。三〇分ほどしてヘッドフォンを外してみると静かになっている、そういう夜もある。リモート授業のあいまに階下へお茶を淹れに行き、オンライン打ち合わせの最中なのにPBの話を始めて泣いてしまっている未土里を見かけて、驚いたこともある。

「タイマーお願い」

未土里が樹木に声をかける。

「あ、はい」

キッチンタイマーのスタートボタンを押した樹木は、そのままそこで未土里の手元を眺め続けた。以前と変わらぬ手つきでインゲンを摑んで、いっきにお湯の中に放り込んでいる。菜箸ですばやくかき混ぜ、すべてのインゲンがまんべんなくお湯に浸かるように箸の先でならす。手際の良さは同じでも、顔には表情がなかった。PBが亡くなった直後より、いまのほうが悲しそうに見えることが樹木には気がかりだった。いつも一人で頑張っているように見える母を、側で見守っていくのが自分の役目だと、心のどこかで樹木はずっと思ってきた。ある日、睦が家にやってきて、その思いから少しだけ解放されたように思ったけれど、結婚しそうな気配もない二人の関係がどうなっていくのかはわからないままだ。

ＰＢがいなくなってみて初めて、樹木は自分が独りきりで母を背負っていたわけではなかったと気づいた。ＰＢを失ったことは樹木にとっても大きな悲しみだったが、未土里を見ているとどうしても、自分はしっかりしなければ、と考えてしまう。

タイマーが鳴って、未土里はガスの火を止める。流しに置いたざるのなかに、フライパンの湯をゆっくりあける。空になったフライパンを洗わずガス台へ戻し、強火で水気を飛ばし始める。流し台下の収納から取り出したオリーブオイルをひとまわし、みじん切りのニンニクひとかけ、上下に振って湯を切ったざるのなかのインゲンを加える。パチパチと音をたてる具材を箸でひと混ぜし、塩ひとつまみと挽いた胡椒を入れてさっと炒める。火を止め、大皿に盛りつける。箸と小皿を並べ終えた樹木が未土里からその皿を受け取り、ダイニングテーブルに運ぶ。

最後の志望校の入学考査を終えた日、樹木は初めて「緊急事態宣言」という言葉を耳にした。その翌週から卒業まで、ついに高校へ行くことはなかった。自宅から遠くない大学に進学できたが、入学式は中止だった。それだけじゃなく一年次の授業すべてが、数回の体育の実習を除いてオンラインでおこなわれた。二年目のいまもまだ、九割ぐらいの授業を自宅で受講する状態が続いている。当初はこの状況を軽く考えていた未土里も、仕事のアポイントメントがすべて流れて自宅待機を余儀なくされると、海外の友人との情報交換などを経て、にわかには信じがたい映画のような世界を少しずつ受け入れた。幸い、執筆の仕事には大きな影響がなく、継続して注文をもらうことができたから、暇を持て余す状態にはならなかった。非常勤講師として勤める大学でもオンライン授業が即座に導入され、まるでなにごともなかったかのように授業が続けられた。結果的に、無くなったのは現地に赴かなければできない調査やインタビューの仕事だけだった。三年前に上梓した本が小さな賞をもらって以来、自宅でできる仕事は圧倒的に増えていたが、緊急事態宣言のあとは打ち合わせもオンラインが中心となり、郊外の自宅から往復二時間半かけて都心に出る必要がなくなった。その分、使える時間は増えると思ったのに、と未土里は愚痴をこぼす。きいくんが家にいると、どうしてもお母さんモードになっちゃうんだよね。確かに、高校時代は朝七時に家を出て、晩ご飯の時間に帰ってくる人だった樹木は一転、一日じゅう家にいてキッチンをうろうろする人になった。こうなるまで、人のいないキッチンで仕事をしてきた未土里だったが、樹木が自分のタイミングで階下にやってきては話しかけるので、気が散って仕事にならなかった。

樹木にとって、キッチンにいる未土里はずっと「自分のためにそこにいる人」だった。小学校を卒業するまで、樹木が家にいる日は未土里もできるだけ休みを取ったし、無理な場合は樹木が祖父母の家で過ごせるように段取りしてくれた。中学生になってからも、次の日起きるのが辛いのは自分だし、ピピも待ってるしと、未土里はやっぱり樹木より早く家に帰ってきた。樹木にとっても、家に母とPBがいることは当たり前のことすぎて、未土里への接し方を変えることは簡単ではなかった。こんなにも長い時間、家で二人きりなのは、一歳二ヵ月で樹木が保育園に通い始めて以来だった。

大学生にもなれば、自分がそうだったように樹木だって家に居つかなくなり、あるいは出ていったきり、気づいたら二度と一緒には暮らさなくなっていたりするのだと考えていた未土里にとっても、想定外の新しい生活は単なる厄災ではなかった。樹木が無邪気に話しかけるたび、仕事を中断して母親に戻らねばならないことは嬉しくも、鬱陶《うっとう》しくもあり、そのジレンマに対処する方法がそれ以外、思いつかなかった未土里はある日、ダイニングテーブルを放棄して居間のソファに「転勤」した。ソファの中央部を背もたれにして床に置いたクッションの上で正座し、眉間に皺を寄せてノートパソコンの画面を凝視し文字を打ち込む未土里の隣に、PBのベッドも引っ越していた。視力を失うにつれ、ソファの上を怖がるようになったPBは自分のベッドのなかで体を起こし、癒し系っぽい表情でぼんやりと正面を見つめていた。

こうなってみて初めて、樹木は誰より自分自身が、未土里の妄想していたような大学生活をいつか実現する未来として心待ちにしていたのだと痛感する。完全な杞憂だったよね、と未土里は笑って言うが、樹木にとってそれは大きな失望を伴う誤算だった。コロナ禍という、想像すらしなかった事態に翻弄され、タイムマシンで過去に戻ったような日々を親子で生きている。あのころと違うのは、未土里にはもうがむしゃらに、体力だけで不足を補う元気——あるいはみんなが若さと呼んでいる力——が残っていないことだけのように思えた。樹木は赤ん坊のときと変わらず、ものすごく元気でよく食べ、大抵はいつも楽しく、ものごとが比較的、自分中心に進む世界を生きていた。変わったのは身体が大きくなったことだけ。母の変化と比べたらそれは取るに足らないことのように、樹木には思える。自分の成長が、母の老いを決定づけてしまうようにさえ思えて怖かった。

一緒にいる時間が長くなったせいで喧嘩も増えたいっぽう、母親といろいろな話をするようにもなった。未土里のほうでも、大学生になったのならもう話してもいいだろうと思うことがいくつかあるようだった。その多くは、彼女が女性として抱えてきた葛藤についての話だった。子供を持つことがこんなに長い道のりだなんて思ってもみなかった。あるときは、若い自分の将来設計の甘さと、子供を持つことに対するあまりに楽観主義的な見立ての話をした。

根拠のない自信と希望に溢れていて、計画とか心配とか、そんな言葉を口にしても実感は伴ってない、そう、ちょうどいまの樹木のようなときが、お母さんにもあったの。もし、こんなに大変だって最初からわかってたら、結婚もしなかったし、子供も産んでなかった。ううん、樹木のこと産まなきゃよかったと思ってるわけじゃなくて。赤ちゃんって可愛くて、この子の面倒をみる以外のことはなにひとつしたくないな、って思うの。その気持ちには少しも嘘がないのに、仕事とか家事もだけど、お化粧して息抜きにちょっとそこまで一人で買いものとかもできなくて。眠ったり、お風呂入ったり、ご飯食べたりみたいな、人として最低限の権利だと思ってたことまで思うようにできなくなっていったとき、一緒にいたい気持ちと遠くに行ってしまいたい気持ちが波のようにぶつかり合って、どうしようもなく苦しくなったんだよね。

でも、ものごとの行く末がいつも見えたら、樹木にも睦にも、PBにも会えなかったよ。未土里はそうも言った。樹木の父と別れたあと、とうとう世界に二人きりになってしまったと母は思ったらしい。樹木に弟や妹ができることもない。「だって、死ぬまで誰かと一緒にいようなんて、もう二度と考えないだろうと思ったから」。その考えも杞憂に終わったじゃないの、と樹木は密かに思う。その数ヵ月後に近所のペットショップで、樹木たちはPBと出会ったのだから。

PBという名前は「ピーナッツバター」に由来する。ロングコートチワワである彼女の身体を覆う毛の色が、朝食のトーストに樹木たちが塗っていたピーナッツバターにそっくりだったからだ。Peanut Butterの頭文字をとって、PBと命名したのは未土里だ。

PBは、他にもいろんな名前で呼ばれた。家にやってくる前の彼女は、ペットショップの店員さんに「チィちゃん」と呼ばれていた。彼女を引き取るとき、なぜチィちゃんなんですかと未土里が尋ねたら、チワワの「チ」からとったんです、とその人は言った。小さいから「チィ」なんだと思っていた未土里は「へぇ！」と驚き、三歳になりたての樹木は「チィちゃん！」と叫んでぴょんぴょん飛び跳ねた。

そういうわけで、PBはまずピービーとチィちゃんどちらかの名前で呼ばれ、「PB」に「ちゃん」をつけるときは短めの「ピビちゃん」になった。日に何十回も名前を呼ぶうち、おかしなあだ名も生まれた。舌足らずの樹木が呼ぶとPは「フィー」に聞こえることがあり、最初はフィービーというあだ名がついた。そのうち、そこから派生してケイツさまとか、ケイツ・ガールと未土里が呼び始める。ケイツは、樹木によってすぐケツちゃんになり、出しっぱなしのTシャツのうえに粗相をしたり、未土里に隠れて樹木を攻撃したりしたときのPBは「こら、ケツっ子！」と未土里に叱られた。そこから当然のようにヒップちゃん、おしりちゃんなどを経て、突如、文脈がかわってキューティちゃん、トーストさん、こんがりちゃん、ピナさま、ブッパタールちゃんなど、数え切れないほどの愛称で呼ばれるようになっていった。どの名前で呼んでも彼女は真っ黒な、こぼれ落ちそうなほど大きな瞳をきらきらさせて未土里のもとへ、フサフサの尻尾を大きく左右に振りながら、そしてそのせいでときどきよろついたりもしながら、トコトコと近づいてきた。そうして未土里の膝に抱き上げられると嬉しそうに甘えた顔でお腹を上にして撫でさせたり、顔を舐め続けて困らせたりした。嫉妬した樹木が、PBのベスポジを奪って未土里の上に乗っかってくると、PBも負けじと樹木によじ登って、未土里の胸の辺りまで近づいてくるのだった。

新型コロナウイルスが流行したせいで人間は外出を制限されたが、いま思えばそのおかげで、PBと一緒にいる時間は長くなった。仕事のせいで、PBとの最後の時間を十分に持てなかったと自分を責め続ける未土里とは逆に、樹木はそう考えていた。最後の時間の最初をどことするのか、その認識が未土里とは違った。母がもう少し元気になったら、そのことを教えてあげたいと思っていた。

「樹木がいつまでたっても高校生みたいなのは、キャンパスライフを奪われたせいだね」

未土里はそんなふうにからかうが、大学は樹木をゆっくり、けれど着実に大人にしていた。お母さんは相変わらず、僕を赤ちゃんみたいに思っているけれど。未土里はまだ自分が樹木を世話しているという考えから抜け出せていないが、いま樹木がいなくなったら困るのはきっと未土里のほうだ。特に、PBがいないいまは、と樹木は思う。

人間の世界が一瞬で、信じられないほど大きく変化してしまったというのに、PBは我関せず、とばかりにそれまで通りを貫いた。最後はどこまで眼が見えていたのか誰にもわからなかったが、あちこちにぶつかりながらも朝から家じゅうを歩き回る日課を続け、あくまでもマイペースに過ごした。天気の良い日には、掃き出し窓の前に座ってひなたぼっこもする。カーテンの裾の膨らみの向こう側にPBを発見したら、家のあちこちに置かれたPB用座布団の一つを、樹木はそっと足元に差し入れてやった。最後の二、三年は、宅配業者が門を開ける音に吠えることも、自分からおもちゃをくわえて遊びに誘ってくることもなくなったが、ショッキング・ピンクのパイル地に詰めものをしたお気に入りのおもちゃを目の前で振り回すと低く唸って噛み付き、しばらくのあいだ戯れた。自分の寝床で丸くなっているPBの、林檎みたいな頭は樹木の手のひらですっぽり包めるぐらい小さかった。自分ばっかり、いつのまにこんなに大きくなっちゃったんだろう。ピピちゃんがうちに来たばかりのころは、身体の大きさもたいして違わなかったのに。僕は高校を卒業し、きっとこれからがまた新たな人生の始まりだっていうのに、妹だった子はおばあちゃんになってしまうなんて。

ガス台の魚焼きグリルのなかで、ぼん、となにかが破裂する音がした。慌てて樹木はグリルのトレイを引き出してみる。きれいに並んだししゃものおなかに詰まった卵が、破裂した音だったらしい。

「焼き過ぎちゃってる?」

未土里がようやく樹木を見て言った。

「最近、グリルの調子が悪い気がする。自動モードに任せてると水分が抜け過ぎちゃっておいしくないのよ。どのぐらいのところで止めればいいんだったか、思い出せない」

最後の一品は、茶色の液体のなかでぐつぐつ煮えているなにかだ。未土里はそこに落とすらしい小さい器のなかの卵を、菜箸でしゃかしゃかとかき混ぜている。

「あとはなにを手伝う?」

良かれと思って樹木はそう言ったのに、未土里はその言葉で少し機嫌を損ねたようだった。

「手伝うってねぇ」

一瞬、菜箸が止まったが、すぐに元のように動き出す。

「わたしが手伝いたい。家のことをする樹木をさ、手伝う立場がいい」

それだけ言って、未土里は黙り込んでしまう。返す言葉が思いつかないまま、樹木はできるだけひっそりキッチン内を移動し、もうすぐ始まる食事の時間に必要なものを食卓に揃える。母の反応がその日の機嫌で違ったとしても、樹木にできるのはただ、いつもと同じ態度を貫くことだけだ。母に呼ばれたら、できるだけ迅速に階下へ移動し、最後の仕上げの手伝いをすること。そう、まさにPBが必ずそうしたみたいに、自分の名前を呼ぶ未土里のもとに、いま、自分が何をしていようがトコトコと嬉しそうに近づいていくのだ。いまの自分にできることが、母の悲しみに寄り添う方法が、それ以外、樹木には思いつかなかった。

とき卵をフライパンに流し込み終えた未土里は、何かにがっかりした人がするように大きく息をひとつ吸い込んで吐いてから、流し台の前に横歩きで移動した。「おうち時間」の初期、いまこそと意気込んで改装を計画した未土里が、動線を改善するために置いた格安北欧家具メーカーの作業台の前で邪魔邪魔、どいたどいた、と言いながら樹木とすれ違う。未土里の背中にうっすら滲み出た疲れを、ピピちゃんなら取り除けるのに。自分じゃあもう大き過ぎて、お前みたいに膝の上で撫でてもらいながらお母さんを癒すなんてできないよ。

機嫌が悪くても、手伝おうとする樹木を未土里が頼りにしていないということはない。ブツブツと文句を言いたがりなのは、家族みんなが知っている。

「魚のお皿、それから煮物の、一番大きなお皿ね。お椀も。あと、お茶碗出してご飯よそってちょうだい」

機嫌を損ねてしばらく黙っても、樹木のやるべきことをてきぱきと指示し始めたらそれは、未土里からの休戦の合図だ。

きいくん、「手伝う」っていう姿勢はね、依存なんだよ。

初めて未土里にそう言われたのは、中学に上がってすぐだったろうか。優しい、諭すような言い方だったから、それが自分の態度への抗議なのだと気づくのに、少し時間がかかった。父と別れたことがきっかけになり、より良い仕事に就くための資格を取ると言って大学に戻った母は、女性学という授業の話をときどきした。

「良かれと思って口にした言葉でも、よくよく掘り下げるとそこには女性蔑視や、ジェンダー差別なんかが根づいていることがあるの。とりあえずいま、男の子として生きているきいくんなんかは特に、考えることが結構あるのよ」

樹木にはよくわからなかったものの、未土里の言うことにはいちいち説得力と重みがあった。小さいころから、母はなんでも言葉で説明したり、伝えようとする人だった。三歳であれ、一二歳であれ、いいからこれをしなさい、あれをしなさい、言うことを聞きなさい、と言われたことは一度もない。自分の言いたいことを言ったあとは、「きいくんどう思う？」と必ず自分の意見を求められた。

ときどきは議論になることもあったし、疲れた母が声を荒らげることもあった。そんなときはＰＢが親子の仲介役を務めた。未土里の声が大きくなると、それまで知らん顔だったＰＢが、ちっちゃな身体でさっと樹木の前に立ちはだかり、いつもは絶対にそんなことしないのに、未土里に向かって吠えた。そうなると未土里はもう、樹木を叱れなかった。実際、大声を上げるほどの悪いことを樹木がしたことは一度もない。そうなるとき、悪いのはいつだって未土里の心の状態で、疲れているか、仕事やお金で気がかりなことがあるか、一人で産んだわけではない子供の責任を、なぜか一人で背負っている理不尽に打ちのめされているときだった。ＰＢは母をハッとさせた。悪いのは子供じゃないことを、いつだって母に気づかせた。

皿に盛り付けたおかずを運ぼうとして床にこぼした未土里が、小さく舌打ちをする。かがみ込んで大きな具を手で拾いながら、床を拭くようなジェスチャーで樹木に助けを求める。こういう時のためにストックされている、古くなったTシャツを切ったウエスを一枚濡らして、樹木は床を拭く。

「玉ねぎ、やっぱり慌てて拾っちゃう」

床にしゃがんだまま、シンクで手を洗う未土里を樹木は見上げた。そうか、PBはいつもこのアングルから母を見ていたのだ。見上げる母は、上から見下ろすよりずっと大きく見えた。

「しょうがないよ。まだ二週間しか経ってないんだから」

床から立ち上がって汚れた布を捨て、未土里の肩にそっと手を置く。うん、と子供のように肯く未土里は、疲れているのではなく泣いているだけなのかもしれなかった。未土里の背中のカーブの上で、紺色のエプロンの紐が交差している。

「いただきます」

すべての皿がテーブルに並び、樹木たちは席につく。今日の献立は、車麩と玉ねぎの卵とじ、焼きししゃも、インゲンのアーリオオーリオ、キャベツと油揚げの味噌汁、ご飯。未土里は小皿に主菜を盛り、それを樹木に手渡す。代わりに樹木の小皿を取り、そこに自分の分を盛りつける。

「きいくん、お母さんもうお肉を食べるの止めようかと思う」

そう言った未土里は、箸で小さく切った車麩を口に放り込んだ。

「へぇ、そうなんだ」

数ヵ月前にもちょっとした親子喧嘩を引き起こした議論が、また始まるのかと樹木は身構えた。あのとき、樹木は珍しく不機嫌になり、怒って猛抗議をした。それで一旦収まったようにみえたが、そうではなかったらしい。

「だって、一緒に暮らしたら、PBみたいに可愛くなっちゃう生きものを食べることなんてできないでしょう」

わ、絶対それ言うと思った。声に出してそう言いたかったが、樹木は言葉を呑んだ。PBの死から、母はまだ立ち直れていない。

「魚は？　焼き魚も刺身もオッケーなら、なんとかやってけるかもしれない」

代わりに、とりあえずの折衷案を、樹木は口にした。

「魚はね、姿のまま捌いても、なぜか可哀想と思わないの。なんでだろう、虫はときどき可愛いと思うから殺せないのに。ああ、そうか、姿はあっても死んだ状態なら可哀想と思わないのかも。自分で絶命させるのが、無理なだけかもなぁ。鶏は……姿のまま扱えるけれど、生きている状態だったらだめかもしれない」

そうやって話す母の目は、今日もたくさん泣いたのか腫れぼったく生気がなかった。

「卵は食べていいことにする？」

自信なげに話す未土里の声を聞きながら、樹木はししゃもの頭を齧る。

「お母さんがそうしたいなら、好きにすれば。僕は外で肉、食べるけどね」

未土里は少しだけ嬉しそうに微笑んで、ありがとう、と言った。味噌汁をすすり、ふざけているのか本気なのかわからない、いつもの調子で言う。

「まぁでも、わたしがご飯を作る限り、樹木に文句を言う権利なんかないけど」

樹木は箸を置いて俯く。

「どうしたの」

そう言いながら、未土里の顔が母親のそれに戻る。

「お母さんもいつか死んじゃうんだよな、と思って。そしたらいま、こうしているみたいな何気ない時間を、きっと思い出すだろうって」

未土里の顔を、樹木は真っ直ぐに見つめていたつもりだったが、気づくと一列に並んだししゃもの数を何度も何度も、頭のなかで数えていた。

「ごめんね、泣かないで」

未土里にそう言われるまで、樹木は自分が泣いていることに気づかなかった。いつの間にか、ティッシュを手にした未土里が樹木の隣に立ち、さっき樹木が未土里にそうしたように、樹木の肩に手を回し、樹木の手にティッシュを握らせる。

「お母さんはいまPBの、一番苦しかったところしか見てない。僕にとっての最後の時間は、まるまるこの一年半だった。コロナのせいでどこにも行けなくなったけど、それはPBといるために貰った時間だったんだよ。ねぇ、どうしてそれまでの、楽しかった日々のことを思い出してあげないの？」

いつか元気になった未土里に伝えようと思っていた言葉が、樹木の唇から溢れた。未土里にとって最適な「いつか」のタイミングはわからなくても、樹木にとってはいまがそうだった。

樹木が顔を上げると、未土里も泣いていた。両方の鼻の穴から、鼻水も垂れていた。食卓に載った料理が冷めていく。そんなことに構わず、二人とも泣いた。

「三歳からずっと一緒だったんだ」

樹木は小さな声で呟く。未土里は抱きしめた樹木の頭を、赤ちゃんだった樹木に、PB

にそうしたように、静かに撫で続ける。
そう。僕にとっては妹そのものだったんだ。

灯台と羽虫

　最後の角を右に曲がり、少し勾配がついた道を歩きながら睦は突き当たりの家に目を凝らしたが、玄関に明かりはなかった。通りからは二階の、一番小さな窓だけ光っているのが見える。最近になってようやく対面で授業が受けられるようになった樹木が部屋にいるか、電気を消し忘れて登校したんだろう。たどり着いた門を開けて玄関扉の前に立ち、振り返ってポストから取り出した郵便物を左脇に挟む。ＬＥＤ化して明るすぎる街灯を頼りに鍵を開ける。扉が開き、閉まる。睦が生み出した一連の雑音は二階の部屋にも届いたはずだが、樹木が階下に降りてくる気配はない。

「ただいま」

　誰に言うでもなく睦は声に出した。子供のころからの癖で、とりあえずそうしないとなんだか落ち着かない。あのころと同じで返事はないが、二ヵ月前ならベッドから起き出したＰＢが、ちたちたちたと爪音を響かせながら迎えてくれることもあった。

　右手の壁にある三和土《たたき》の照明スイッチを押して靴を脱ぎ、しんと静まりかえった家にあがる。四日分の着替えと仕事の機材を入れた背中の荷物が、急に重くなったように感じる。

廊下のダウンライトをつけて三和土のほうは消し、その明かりを頼りに真っ暗な居間へ入る。背負っていたバックパックと肩掛けトートを床に降ろし、カーテンを閉めてから天井灯をつける。ソファの上にも、テーブルの上にも、未土里の仕事の資料らしき紙類やパソコンが置きっぱなしだ。睦はバスルームへ移動してマスクを外す。顔に触れるほうを上に向けてマスクを洗濯機の上に置き、手を洗ってうがいをする。

今日は未土里のバレエレッスンの日だ。PBがいたとき、未土里は彼女のために必ずキッチンか居間、それから帰宅する人のために玄関灯をつけたまま外出していた。PBがいなくなってからもしばらくはそうだった。習慣が抜けなかったのか、それともPBの死を受け入れられなかったのか、睦にはわからない。きっと、こうやって電気を消して出かけられるようになったのは未土里が少しずつ前に進み始めた証拠だ。それなのにいま、明かりの消えた家に帰ってくるようになってみて初めて、睦は自分が小さな疎外感のようなものを覚えていることに気づく。なんていうんだろう、この家に歓迎されていないみたいというか。未土里に忘れられている、あるいは必要とされていないんじゃないかと不安にすらなって、不貞腐れた気持ちで誰もいない居間をうろつく自分はまるで子供だ。これまで何年も、角を曲がって通りに入れば必ず行く手に見えた玄関の明かりが、自分にとってこれほど大きな意味を持っていたことに睦は驚く。

バックパックから汚れた服とタオルを取り出し、荷物を部屋の隅に運ぶ。それから再び、バスルームに向かう。スタジオから持ち帰った数日分の洗濯物を、脱衣所に置いてあるプラスチック製のカゴに投げ入れ、棚の引き出しから新しいバスタオルを取り出して洗濯機の上に置き、さらにその上にかけていた眼鏡を置く。着ていたものをすべて脱いで、それらもカゴに入れる。シャワーを浴びて脱衣所から出ると、キッチンに明かりがついていた。

「おかえりなさい」

ダイニングテーブルでイヤフォンをつけたままｉＰｈｏｎｅを見ていた樹木が顔を上げる。

「ごめんなさい、イヤフォンのせいで睦さんが帰ってきたことに気づかなかった」

シャワーの音で気づいたと、言い訳するみたいに樹木はつけ加えた。

「食事は？」

「いや、まだなんだ」

「じゃあ、僕が支度しましょうか？」

未土里のパートナーだが自分の父ではない睦に、樹木はいつもうっすら気を遣っている。

「自分でやるから、好きなことしてていいよ」

そうですか、と樹木は答え、冷蔵庫に残っているおかずの皿の場所や、小鍋のなかに味噌汁が入っていることなどを睦に教えてくれる。オッケー、ありがとう。睦は素っ気なくそれだけ言って、食事の支度を始める。睦の横顔を盗み見るようにときどき視線を送りながら、樹木は少し離れた場所でｉＰｈｏｎｅをいじっている。一人でずっと家にいたのが退屈で、睦が話しかけてくるのを待っているのか、あるいはいつでも手伝えるよう待機しているのか。大人の顔色を窺う子供のようなその姿は睦を緊張させ、ときどき苛つかせる。子供は苦手で、恋人の息子への接し方も、睦にはよくわからなかった。いつか結婚して、自分の家族を持ちたい。そんなふうに思ったことが一度もなかったし、もっと言えば、人と一緒に暮らしたいと思ったこともない。未土里は、そのうちのどれも睦に強制しなかった。

樹木が階下に顔を出したのは、ただいま、と言ってしまう自分と同じで、そういうものだと彼が思っているからだろう。家族が出かけるときも帰宅したときも、未土里はできる限り玄関まで見送り、出迎えるから。もうひとつ、睦の機嫌を見極めるためでもあるに違いない。樹木との付き合いは彼が成長するにつれて楽になったが、それでも睦はときどき急に黙り込んで一言も喋らなくなる。原因は樹木のせいじゃないことが多いし、未土里の前でも同じようなことは起きた。どうしたの、と聞かれてもうまく説明できないから、ただただ不機嫌に見えるその態度は未土里からも樹木からも不評だ。睦の機嫌が悪いとわかれば樹木は二階の自室に戻り、未土里が帰ってくるまで出てこなくなるだろう。

樹木が年齢より幼く見えるのは、そんなふうに素直で優しいからかもしれない。一〇歳のときから知っているけれど、これといった反抗期もなかったし、未土里ともよく話す。若いころの睦や睦の兄たちのように、家族とほとんど口をきかなかったり、母に話しかけられて暴言を吐いたり、壁を凹ませてネガティブな感情を解消したりすることもない。樹木が未土里にそれとわかるよう可愛がられ、愛されて育ってきたのだということは、二人のやりとりを見ていればわかる。睦はときどき、樹木に対する未土里の愛情の揺るがなさに、嫉妬のような感情を抱いてきた。

樹木を見ていると、子供のころ近所に住んでいた、二つ年下の優志《まさし》を思い出す。兄が二人いる睦は、家で誰かに、なにかを期待されたことがほとんどなかった。洋服もおもちゃも漫画も、自分にはすべて兄たちのお下がりが回ってきて、新しいアニメの超合金やゲームを買ってもらったこともない。一人っ子の優志は、学校で話題になっている新しいおもちゃを、放課後の公園に真っ先に持ってくるような子だった。誘われて遊びに行った家はとても大きかった。昼間は誰もいない睦のうちと違って、綺麗にお化粧をして、エプロンをつけたお母さんがいた。穏やかで、優しそうなお母さんを持つ優志も、すごく優しい子だった。いつだって、新しいファミコンのゲームやおもちゃを「いいよ」と睦に、先に使わせてくれた。なんでも大声で主張しないと、おやつもご飯もテレビ番組も兄たちに奪われてしまう睦には、考えられないことだった。機嫌よく遊んでいると、いま作ったというお星や動物のかたちをしたクッキー、赤いさくらんぼを載せたプリンなんかをお母さんが運んでくる。いつも遊んでくれてありがとう。まーくんはあっちゃんのこと、お兄さんみたいに思って憧れているの。これからもよろしくね。テレビで見る女優さんみたいな、素敵なお母さんにそう言われた睦は恥ずかしくて返事ができず、俯いたまま手作りのおやつを一気に口に頬張った。そのお母さんを悲しませたくはないはずなのに、睦は普段、どちらかというと優志に冷たく接した。公園で遊ぶときは、ときどき仲間外れにさえした。いつまでも逆上がりができない睦に遠慮して、僕もできないよ、と言う優志が嘘をついていることも、ドッジボールでわざと当たって、睦を内野に入れようとしてくれていることもわかっていたけれど、むしろそういう優志の態度が睦には負担だった。そんなふうに人に接してもらったことがなくて、どうしたらいいのかわからなかった。子犬のようにつきまとい、振り向くとたいてい笑顔でそこにいる優志を無視して、他の友達とわざと楽しそうにじゃれ合ってみせたりもした。しばらくしてあたりを見回すと、少し離れたところに悲しそうな顔で、一人で立っている優志がいる。そういうときは、何とも言えない罪悪感を覚えた。それでも優志は、目が合うと必ず睦に微笑み返してきた。まるで、睦が楽しければ自分も幸せだとでも言うように。

「睦さん、味噌汁が沸いてます」

「うわっ」

樹木の声に睦は我に返り、慌てて味噌汁の火を止めた。持ち上げた鍋蓋が熱くなっていることに驚いて手を離してしまい、蓋は床に落ちてあたりを濡らした。

「大丈夫ですか」

蓋を拾い上げた睦の脇に樹木がやってきて、蓋が落ちた場所を雑巾で拭いてくれる。若い樹木が、母親の恋人をここまで気にかけることができるのはなぜだろう。父にしろ、兄たちにしろ、睦が育った家の男たちは軒並み大きく強い存在で、思いやるべき相手ではなかった。睦が気遣わなければならない相手は母だけで、わがままを言ったりひどい口をきいたりすれば必ず「母さんは女なんだから」優しくしろ、大切にしろと、男たちに叱られたからだった。父や兄が、目に見えるかたちで睦を気遣うこともほとんどなかった。家族をケアする役割はいつも、母が一人で背負っていた。樹木と出会わなかったら、子供に対する自分の大人気ない態度と向き合うこともなかったのに。他者、特に年下の同性をケアする、という考えが圧倒的に欠落した自分に、気づかずに済んだのに。

「自分でやるからいいよ」

だから、せっかく手を差し伸べてくれた樹木にも、そんなふうに声をかけてしまう。

温め直した未土里の料理をすべてダイニングテーブルに運び、睦は食卓の自分の席についた。樹木は部屋には戻らず、睦とは角を挟んで隣どうしの、自分の定位置に座っていた。イヤフォンをつけたままｉＰｈｏｎｅの画面に真剣な顔で見入り、右手の親指で器用に文字を入力している。

「いただきます」

「はい、どうぞ」

即座に返事をするところをみると、音楽を聞いているわけではないらしい。

「あ、別に僕が作ったわけじゃないですけど」

冗談っぽく言って、樹木はまたｉＰｈｏｎｅに視線を戻す。

たまには樹木の話も聞いてやって。睦って、拒絶に感じるぐらい無関心な態度とってるときあるよ。ほらいつもの、むっつり黙り込む、あれ。周りにすっごい気を遣わせるやつ。

未土里はよく、睦にそう言った。

「いま話しかけても大丈夫？」

鍋の蓋を落としたときにかけた言葉のまずさが、睦は気になっていた。

「いいですよ。特に何もしてないんで」

樹木は顔を上げてイヤフォンを外した。

「お母さんはどう？」

味噌汁を一口啜って、肉じゃがのじゃがいもを嚥下しながら睦は樹木に尋ねた。

「うーん、まぁまぁかな」

「それ、どういう意味？」

「元気ではないですけど、今週は僕の話にもけっこう笑って答えたりしてました」

「そっか」

「時間はかかると思います」

「うん」

そのあと何を言えばいいのかわからなくなって、睦はまた黙って食事を続けた。たべものを咀嚼する音だけが、二人のあいだに響く。

「今日もずっと家？」

なんとか考えてそう言ってみたが、なんだか責めているように聞こえるな、と睦はふたたび後悔した。家にいるのは樹木のせいじゃないことぐらいわかっている。自分だって、大学生の頃はコロナ禍なんかなくても一日中、下宿でなにもせずにだらだら過ごしていた。

「そう。サークルのオンラインミーティングが昼休みに入って、外には出れなかった」

樹木はその、他人に対するひねくれた思惑などまるで無さそうな人柄のまま、睦に返事をする。それから、待ってました、と言わんばかりに学校のこと、サークル活動の人間関係のこと、三年次に選択することができる大学固有の交換留学制度を利用するべきか迷っていることなどについて、思いつくがましゃべり始めた。人と話すことも、人の話を聞くことも、睦にはそれほど苦ではない。いま、目の前にやらなければならないことがない限り、睦はむしろ未土里よりずっと、人の話を聞くのがうまかった。


最初から、未土里はこれまでの誰とも違った。

初めてのデートは都内のアートギャラリー巡りだった。その二ヵ月前、友人の展覧会のオープニングレセプションで彼女と知り合った睦は、帰りの電車で交換したメールアドレスに、乗り換え駅で別れてすぐ携帯電話からメールを送った。翌朝早く、パソコンに届いた未土里からの返事は、丁寧だが人を突き放すところがなくて好感が持てた。翌日、そのメールに睦が返信すると、その翌日には未土里からまた返事がきた。お互い、とくに用事があるわけでもないメールのやりとりは淡々と、けれど途切れることなく続いた。睦が台湾へ出張したときはメールが二週間途絶えたが、帰国したと伝えるとまた復活した。あるとき、いま気になっている展覧会はありますか、という質問で終わった睦のメールに、「気になる展覧会リスト」という件名の返信があった。開封すると、展覧会のタイトルと会期、ウェブサイトのURLが本文に並んでいた。

すごい偶然ですが、ほとんどは僕も見たいと思っていた展覧会です。

睦がそう書くと、

では、幾つか一緒に巡りましょう。

と未土里が返した。フリーランス・ライターとしてのリサーチを兼ねていた未土里はあれを「デート」とは思っていなかったらしい。

午前中は、未土里の友人だというバッグデザイナーの展示会に行った。

あーお腹が空いた！

会場を出るやいなや未土里はそう言って、最初に通りかかった定食屋に睦を誘い込み、壁に貼られたお品書きから即座にアジフライ定食を選んで注文した。睦も慌てて、本日の魚定食を注文する。

「決めるの、早いですね」

「ああ、早すぎました？　子供がいるとどうしても、自分のことはできるだけサクサク決めて次、って感じになっちゃって」

メールを通じて、彼女がシングルマザーだということは知っていたが、初めて会ったときには子供がいるように見えなかった。会話のなかで子供の話が出て初めて、彼女が誰かの母親であることは現実なのだと睦は思う。

「食べものを残す人は苦手なんです」

一つ一つを美味しそうによく噛み、皿の上のものをきれいに平らげた未土里の食べっぷりを褒めたつもりだったが、未土里は一瞬、息を呑んで言った。

「確かに、勿体ないですよね。でもそういう女性って、身近な男性とかメディアとかに見た目のことあれこれ口出しされて、自分の食べたいものとか分量がわからなくなって途方に暮れている人かもしれないですよ」

そんなふうに考えたことが一度もなかった睦は面食らったが、未土里の話にはなるほど、と思わせる力があった。風変わりな視点、議論を厭わないまっすぐなもの言いに、睦は即座に惹かれた。

付き合い始めてからもあらゆることを、二人でとりとめなく話した。お互いの共通点としてまずアートがあり、それに関連した政治や社会問題の話、テレビ番組や趣味の話、親しくなるにつれて家事の分担や樹木との時間のこと、先々のことについての話し合い、そしてもちろん喧嘩もした。

会話のなかで未土里は、思いがけない言葉をよく睦にぶつけた。最初は驚くが、その発言に至った経緯を聞き取ると、そこにはいつも理があった。そしてそれは、「そういうものだ」と睦が鵜呑みにしてきた常識のようなものの説明のつかなさと比べて、ずっとわかりやすかった。週末の夕食後は、二人でお茶を飲みながら深夜まで話し込む。そのときの未土里はまるで、難しいパズルやゲームをプレイする子供だ。一つのトピックに簡単な結論が出そうになると、いかにもつまらないといった顔になり、ふたたび議論を複雑にする別の観点を引っ張り出してくる。結論より、どういう道筋でそこにたどり着くかを面白がっているのだ。正直であることは、いつでも重視された。自分の気持ちを押し殺さないで、他者の気持ちも尊重する方法を見つけると、未土里はすごく嬉しそうにした。理性的ではないことや感情的であることが、同時にいかに知的でもありうるのか。未土里と話していると、睦はそんなことを考える。

未土里との会話は、風景画を描くのに似ている。彼女の立つ場所から見える景色が、白い画用紙に鉛筆を走らせ、さらに淡い絵具で着彩していくように徐々に目の前に広がる気がする。なぜ、昔の恋人たちとは、未土里とするような話をしなかったんだろう。

「それは、面倒臭いからだよ」

未土里は言う。

「話すのが、ってこと?」

「ううん、睦が。だっていつ、なにが引き金で不機嫌になるかわかんないんだもん。ちゃんと話してもらえないのはあなたのせいだよ」

こういう言葉はいつも睦に突き刺さるのに、未土里は笑っている。

「もしその人たちも、わたしみたいに女として育てられてきたなら、まわりの人をケアするようにって、うるさく言われて大人になってるはずだよ。弟も、樹木も、ピピちゃんも、ちょっとした異変に気づけないと怪我したり、死んだりしちゃうから。おじいちゃんだってそうだった。そのせいで、樹木がトイレに行きたいなとか、お腹空いてるなとか、悩みがあるなって、いまでも動きでわかるもん。睦も同じ、一緒にいればあなたが困ってないかいつも気にかかる。友達もお母さんも、睦は黙り込んだら厄介だって最初に教えてくれたけど、要するにみんなあなたを気にかけてきたってことでしょ。「別になんでもない」って言えばなにもなかったことになる、って思ってるのは睦だけ」

付き合い始めた頃の喧嘩では、未土里のあけすけな言い方にときどき憤慨した。

「あのね、睦のことは大好き。それでも一緒にいて腹が立ったり、理解できないって思ったりはするし、それについて話すのはいいことだと思う。そうやって怒りでわたしの声を封殺する気なら、徹底的に抵抗します。あなたがいなきゃ生きていけないわけじゃないのよ」

向こうっ気の強い未土里らしい、歯に衣《きぬ》を着せない言い方だったが、言っていることはその通りだった。

ありのままの自分。これが自分という人間だ、と正当化してきた「自分らしさ」は、単なる開き直りだったのかもしれない。言い切ってしまえば誰にも干渉されることなく、絶対的正しさで自己肯定できて、楽だから。睦が見ないようにしてきた可能性を、未土里は手に持った大きなクリームパイみたいに、睦の顔めがけて正面から投げつけてきた。自分らしさが、ほかの誰かの安心や居心地の良さと引き換えに行使されることを傍若無人って言うんだよ。誰かの自由が他者を侵害する可能性について、わたしたちはよく考えなきゃいけないと思う、と未土里は言った。なんだよ、それ。自分を変えるべきってこと？　悪意はないのに？　いったい、俺にどうしろっていうんだ。周りの人間が放っておいてくれればいいだけじゃないか。自分が面倒くさい人間だなんて、言われなくてもわかっているから結婚もしない、子供も持たないって決めて生きてきたのに。

「苛ついてるときの男の人が、わたしや樹木から見てどれだけ怖いか、考えたことある？」

「太くて低い大声を聞いて、怖いこと、痛いことされるんじゃないかって身構える気持ち、睦にだってわかるはず」

未土里の言葉に苛つくいっぽうで、あながち間違いではないことを言い当てられるたびに救われたような気持ちになる自分もいて、睦は驚いた。自分でもまずいと思う態度、だからこそ決して人と話し合ってこなかった「困った部分」を、持っているとわかったうえで未土里は自分と一緒にいる。そう思えることが安堵に繋がっているのかもしれない。確かに、一人の時間が欲しいときや、誰とも話したくないときの未土里は一人でいたい、放っておいて欲しい、と普通のトーンで家族に伝えるし、その理由も説明する。睦のように、不機嫌になることで見えない結界を張り、不快感を与えて人を遠ざけ、一人になろうとはしない。気質だから仕方がない、放っておいて欲しい、と言えば咎めずにいてくれた母や友人、かつての恋人たちとは違って、未土里は睦の態度を「極めて幼稚」だと言い、理解はするが受け入れ難い、という態度を貫いた。

「わたしと樹木の居場所はこの家だけだから、不機嫌やりたいならスタジオに泊まって」

どんなに小さい感謝も不満も、未土里は言葉にした。好きな人を失わない方法で、わたしが知ってるのはそれだけ。そう断言する彼女に、初めのうち大いに戸惑った睦は、喧嘩の勢いで何度か別れを口にもした。

「人を替えても、あなたの問題は消えないんだよ。それとも、本気で別れたいの？」

話し合う代わりに突き放して距離をとる。言葉を受け流して、言ったことも言われたことも忘れる（振りをする）方法を選びとってきた睦にとって、未土里との付き合いは難しいことも多かった。それでもここまで関係を続けてこられたのは、未土里のやり方が自分にも合っているからなのかもしれないなと、睦はいつのまにか思うようになっている。どんなに険悪な会話の途中であってもブレイクタイムを挟むのが、未土里のやり方だ。ここぞ、というところで冗談を言ったり、「いったん休憩！」と宣言してコーヒーやお茶を淹れ、そのあいだだけはまったく関係ない話をしてみたりする。そのせいで、どんな「喧嘩」からも、睦が切望する「距離」が発生し、まるでなにかしらの共同作業、あるいは試合に参加しているような気持ちになった。自分たちは「喧嘩」という種目の選手で、勝敗よりプレイの中身を重視する同志であるかのような。

「休憩中」には、ＰＢを可愛がるというオプションもあった。話し合いがおこなわれているテーブルの下で彼女は、人間のいざこざには関わらないに限る、とでもいうように丸まって眠っていた。たいていはそれを、睦が抱き上げて起こす。ＰＢは迷惑そうにも嬉しそうにも見える、なんともいえないニュートラルな顔で、睦の撫でるがままにさせる。彼女の毛皮の優しい感触が、睦の気持ちを和らげる。ＰＢの温かさと愛おしさを分かちあいたくなって、未土里の膝の上にもＰＢを乗せてやる。それから、空っぽになった自分の右腕で、未土里の肩を抱きしめる。


「ごちそうさまでした」

やっぱり声に出してしまう睦に、樹木が反応する。

「お粗末さまでした……って、僕が作ったわけじゃないのに失礼か」

樹木がそう言って、ふふふ、と二人は笑う。

「でもよかった、睦さん帰ってきて」

頭の後ろで両手を組みながら、樹木が椅子の背にもたれる。

「なんで？」

「なんとなく。先週末、ちょっと大変そうだったから」

「ああ、未土里さんとのこと？　聞こえてたんだ」

「いや、内容までは。でもお母さん、結構泣いてたっぽかったから」

淡々とした口調で、睦を気遣いながらも自分の思いを言葉にする樹木を見ていると、未土里が作りたいと思ってきた家族のあり方を目の当たりにしたような気持ちに睦はなった。大人だって子供と同じように悲しければ泣くのだと言って、未土里は樹木の前でも涙を隠さない。親子で泣きながら話し合いをしている姿を初めて見たとき、自分の親とはそういう経験をしたことのない睦は、本当に驚いた。

「未土里さんじゃなくて。悪いのは、俺なんだ」

睦の言葉に、樹木は肩をすくめた。

「どっちが悪いとか、そういう話ですか？」

うーん、と言ったまま黙ってしまった睦に、差し支えなければ、いや、やっぱ話さなくていいです、と樹木が早口で伝える。

「樹木に話すようなことじゃないかもなぁ。ＰＢのことがきっかけなんだけど、俺がもう少し頼りになればっていう話かな」

結婚はしなくていいから一緒に暮らしたいという未土里の望みは、過去の恋人たちからされた要求に比べて些細なことのように思えた。付き合ってまだ日が浅いうちに、睦は自分が結婚にも子供にも興味がないこと、そうしたイベントを含む未来が想像できないことを話した。早く伝えたほうが、未土里に対してフェアな気がした。これまでに付き合った女性たちとは、関係が真剣味を帯びると必ずそこが原因で別れてきた。そのことも未土里に伝えた。正確に言えば、過去の恋愛の話を聞かせてとせがまれて、本当のことを話しただけだったけれど。

「そんなこと彼女から言わせるなんて可哀想！　それは睦がクソ野郎だよ」

どこまで本気なのかわからなかったが、未土里はそれなりに感情移入しながら、元カノたちの肩を持った。

「一回目で懲りて、もう二度と結婚なんてしない！　って思ったのに、未婚の恋人に結婚できない、って言われると、え、わたしの何がダメなの、って逆に不安になるもんなんだね」

自分でも引くわー、と呟きながら、未土里はそれも笑い話にしていた。

「仕事と家のことでいっぱいいっぱいで、別に暮らす睦との時間を作るのは無理。同じ家に住んで、家事と生活費を半分負担してくれたら、そういう時間もできる」

交際を始めたころは樹木がまだ小学生で、未土里は彼の学校に自分のスケジュールをすべて合わせて生活していた。高校を卒業して以来ずっと一人暮らしだった睦には、好きな人ならまだしも苦手な子供と暮らし、その子に合わせた生活をするなんて、考えただけで気が重かった。できないなら、未土里は別れを切り出すだろうけれど、睦にはまだその準備ができていなかった。若いときに出会ったらきっと付き合ってなかったね。二人でそんなふうに話すこともあった関係性の行方に、睦自身も強い興味があった。幸い、未土里の家に、二〇年分の荷物とともに睦が転がり込むスペースはなかったし、持ち家だから簡単に引っ越すこともできなかった。結局、睦が古い借家を引き払って未土里の家の近くにアパートを借りた。そこを仕事場として、未土里の家から通勤するというかたちで「同居」は始まった。

はじめのうち、睦は毎晩家に帰っていたが、樹木の成長と新型コロナウイルスの流行を経てからは週末だけ未土里の家に帰るようになっていた。月曜に出て金曜に戻り、週末は家事をしながら、未土里との時間を過ごす。ＰＢが体調を崩すまでは、そんなペースに落ち着いていた。

未土里の態度がよそよそしく思えるようになったのは、ＰＢが亡くなって一ヵ月ほど経ったころだ。葬式の翌日は土曜日だったが、未土里にはワクチン接種で寝込んでいた分とＰＢの看病で休んでいた分の、仕上げなければならない原稿がいくつかあった。泣きながら仕事をする彼女を近くで支えながら、いつもの週末と同じように、睦は料理と洗濯以外の家事をすべてこなした。

「かけがえのない家族なのに、犬だからってだけで悲しむ時間さえ許されない」

そんな風に言って、未土里はまた泣いた。

翌週も、その次の週も、未土里が泣かずに過ごせるようになるまで、睦は毎晩でも家に帰ってくるつもりだった。

「無理しなくていいよ、そろそろ限界でしょ」

日曜の夜、原稿を書く手を止めた未土里は顔を上げ、アイロンがけをする睦に笑いかけて言った。翌朝の月曜日、未土里に見送られて睦は家を出た。未土里のことは気がかりだったが、火曜は締め切りがあると言うので、水曜に戻ってくることにした。水曜日、帰宅すると未土里は夕食を作って待っていた。ほとんど二週間ぶりに、三人でまともな食事を取ったが、未土里はどことなくうわの空だった。シャワーを浴びた睦が居間に戻ってくると、食器棚の上にあったＰＢの骨壺と遺影を、未土里がテーブルの上に置いて眺めて泣いていた。

「大丈夫？　明日、家にいようか」

郵便はがき

料金受取人払郵便

小石川局承認

1100

差出有効期間
令和6年3月
31日まで

112-8731

〈受取人〉
東京都文京区
音羽二―一二―二一
㈱講談社
文芸第一出版部 行

ご購読ありがとうございます。今後の出版企画の参考にさせていただくため、アンケートにご協力いただければ幸いです。

お名前

ご住所

電話番号

このアンケートのお答えを、小社の広告などに用いさせていただく場合がありますが、よろしいでしょうか？　いずれかに○をおつけください。

【 YES　NO　匿名ならYES 】

＊ご記入いただいた個人情報は、上記の目的以外には使用いたしません。

TY 000072-2203

書名

Q1. この本が刊行されたことをなにで知りましたか。できるだけ具体的にお書きください。

Q2. どこで購入されましたか。

1. 書店(具体的に：　　　　　　　　　　　　　　　　　)

2. ネット書店(具体的に：　　　　　　　　　　　　　　)

Q3. 購入された動機を教えてください。

1. 好きな著者だった　2. 気になるタイトルだった　3. 好きな装丁だった

4. 気になるテーマだった　5. 売れてそうだった・話題になっていた

6. SNSやwebで知って面白そうだった　7. その他(　　　　　　　　　　)

Q4. 好きな作家、好きな作品を教えてください。

Q5. 好きなテレビ、ラジオ番組、サイトを教えてください。

■この本のご感想、著者へのメッセージなどをご自由にお書きください。

ご職業　　　　性別　　年齢

　　　　　　　男・女　10代・20代・30代・40代・50代・60代・70代・80代～

睦の言葉を聞いた未土里は、ＰＢの写真を見つめたまま首を横に振った。

「木曜は原稿があるから、睦がいないほうが助かるよ」

金曜に帰ると、未土里は不在だった。樹木が二階の自室から降りてきて、鍵を開けて迎えてくれた。バレエ教室から未土里が戻ってきたのは一一時過ぎで、その晩はほとんど会話もなく寝た。その週末、仕事がすこしも捗《はかど》らないのだと言って、未土里はずっと居間のソファでパソコンに向かっていた。彼女の邪魔をしないよう、睦はなるべく静かに、話しかけないようにしながら家じゅうを掃除し、作り置かれていたカレーを一人で食べ、未土里よりも先にベッドに入った。月曜の朝は、遅く寝たのだろう未土里を起こさないように静かに身支度をして出かけ、金曜まで戻らなかった。

「あなたと一緒にいていいか、もうわからない」

先週末、シャワーから戻った睦がダイニングテーブルに座ってお茶が沸くのを待っていると、居間のソファにいた未土里がやってきて向かいの席に座り、そう言った。驚いた睦がｉＰｈｏｎｅから顔を上げると、未土里の目から大きな涙の粒がぽろぽろと落ちて、彼女のＴシャツや手の甲、チェリー材のテーブルを濡らした。しばらく様子がおかしいとは思っていたけれど、やっぱりなにかあったのかと睦はそのとき初めて思った。未土里のように「どうしたの」とか「何かあるなら話して」とか、特にこれといった問題がなかったとしても、気にかけているということが伝わればいい、そういうコミュニケーションを睦は取らなかった。機嫌が悪いときは誰にでもあるし、放っておけばそのうちいつもの末土里に戻るだろう。そのときがくるのを待つ以外、他人にできることなんてあるだろうか。

俯いたまま、末土里は嗚咽していた。この一ヵ月半で、泣いている末土里を見ることに慣れてしまったような気がする。今度はなぜ泣いているのか、どんな言葉をかければいいのか。睦には、ただ黙って末土里を見つめることしかできなかった。とりあえず、ティッシュの箱を取るために立ち上がる。食器棚の上は、いつのまにかPBの祭壇のようになっていた。骨壺、写真、お供えの水、誰かから送られてきたらしいピンク系のフラワーアレンジメント、小ぶりの花瓶に活けた黄色いミニバラ、香りつきのキャンドル、茶毘に付す前に切ったPBの爪と、尻尾の毛。

「はい」

箱を手渡すと、末土里はティッシュを数枚取って、ずるずる音をさせながら洟をかんだ。まるめたティッシュを屑籠に投げつけたが、狙いは外れて床に落ちた。睦がそれを拾い上げ、屑籠に投げ入れる。末土里は顔を上げ、睦を睨みつけながら吐き捨てるように言った。

「あなたのそういうところが大嫌い」

未土里の強い非難に、睦はいつも面食らってしまう。受け止めきれないマイナスの感情を持て余すと、なぜこんな面倒くさい女と自分は一緒にいるんだろう、と考えてしまう。その気持ちは、言葉ではなく大きなため息として吐き出され、未土里のもとへ届く。

「どういう意味？」

睦は苛つき、いかにも面倒そうに言った。

「ほら、その態度。だったらなんで帰ってくるの？　面倒に巻き込まれない程度にしか関わらないことなんて、できるわけないのに」

「なんだよそれ、意味わからん。いる必要ないって言ったのはそっちだろ」

睦は思わず声を荒らげた。

「あの朝のことが頭から離れないの！」

未土里の声も大きくなった。異変に気づいた樹木が二階で自室の扉を開け、階下の様子を窺っているのが物音でわかった。未土里が続ける。

「ごめんなさい。いまから言うことは本当のことじゃないって、わかっているけどだめなの。どうしても考えちゃうの、あの朝、睦はなぜ声をかけないでピビを触ったの、って。目が見えないから黙って触ると驚くって、だから絶対やめてね、って言ったよね。ピビちゃんが死んだのは睦のせいじゃない。わかってるし、いまさら考えても仕方ないって思ってる。それなのに、睦が触らなかったらピビはまだ生きてるんじゃないかっていう考えから抜け出せない、この一ヵ月半。一人で考えてても、もう乗り越えられない。わたしが熱出して寝てたとき、睦はピビちゃんを病院に連れて行かなかった。なんでだろう、って考えるんだよ、毎日。それはきっと、睦がピビの問題を自分のことって感じてなかったから。わたしと樹木を、まだ家族と思えないみたいに。車を運転できないことは言い訳でしかない、じゃなきゃ具合の悪いわたしが樹木にお願いして父に車を出してもらうまで、どうして放っておいたんだろう、って。でもね、誰も死んじゃうほどピビちゃんの具合が悪いなんて、思いもしなかった。だから、睦のせいじゃない。わたしは出張から戻ってすぐ、ワクチンの副反応で倒れてたし。でも、それってつまり睦だけがそばにいたし、なんとかしてあげられたのに、ただ見てるだけでなにもしなかったってことで、そこがどうしても納得できない。あなたのせいにしてもピビは帰ってこないって、ずっと自分に言い聞かせてきたけど、どうしても許せない自分がいるの。免許を取ることも、クレジットカードを持つことも、一緒に住むことも、なぜそんなに頑なに拒むのか、わたしにはわからない。それがあったら、ピビちゃんは助かってたかもしれない。そう考えると、結局はぜんぶわたしのせい、睦を選んでこの家の一員にしたのはわたしだもん。なにを言われてもはっきりした返事さえ、約束さえしなければ自分の責任にはならないと思っている人と一

[illegible]いるのは、わたしだもん。そのせいで自分が傷つくのは仕方ないけれど、わたしはピビちゃんを巻き込んだ。そのせいでいま、自分が死ぬほど嫌い。自分が死ねばよかったのにって、思う」

そう言うと未土里は、子供みたいな大声でわんわんと泣いた。睦は言葉がなかった。あまりにも深く未土里が傷ついていること、それに対して[illegible]何もできない自分を思い知らされて、なにができるのかわからないまま途方に暮れることしかできなかった。

「それで思った」

未土里がふたたび口を開く。

「このまま睦と一緒にいたら、きっといつかわたしもピビちゃんみたいに死ぬんだなって。あなたはきっと、わたしにも責任を持たない。甘えたいとき、可愛がりたいときにわたしを触って、自分の傷つかない範囲でしかわたしを愛さないから」

小学生のころ、睦の実家にはオスの猫がいた。その頃ちょうど『南極物語』という、犬が主人公の映画が大流行していた。ほとんど家にいない父が、珍しく睦と下の兄を映画館に連れて行ってくれた。睦はすっかり映画に影響され、それからしばらく犬を飼いたいと母親にねだり続けたが、実家は賃貸マンションだったから当然、そのお願いは「だめ！」

と一蹴され続けた。ところがある日、「会社の庭に迷い込んできた」と父が連れて帰ってきたのが、野良猫のリキオだった。名前は睦が、南極物語に出てきたお気に入りの犬からつけた。末っ子の睦は、弟ができた気がして得意になった。平日、学校から帰ってきてももう一人ぼっちじゃない。家のどこかに必ずリッキーがいて、留守番するのも彼と一緒だった。ただいま、と声に出して言う。部屋に上がるとどこからともなく、尻尾をピンと立てたリキオが近づいてきて、睦のふくらはぎに鼻の先を擦りつけた。頭を撫でてやると、みゃあ、と一声鳴いて、ゴロンと寝転がる。もっと撫でてよ、と甘えてくるリキオはほんとうに可愛かった。お出迎えがないときは、ランドセルを玄関にそっとおいて、忍足で家中を探していく。出窓のカーテンの向こう側に座っているときも、両親のベッドの上に優美に座って、扉をそーっと開ける睦を、初めて会う人を見るようによそよそしくじっと見つめてくるときもあった。二人でおやつを食べ（リッキーは見ているだけ）、宿題をし（いつもノートに寝そべってきた）、絵を描いたりゲームをしたりしているとそのうち下の兄、母、上の兄、父の順で家族が帰ってくる。他の家族が家にいるときのリキオは、下っ端の睦にはもう見向きもしなかった。それが悔しくて、追いかけ回して抱っこしようとする睦の腕には、リキオが残した引っ掻き傷が絶えなかった。リキオが死んだことは、母が泣きながらかけてきた電話で知った。すでに実家を出ていたので、リキオが死んだという実感はいまもない。家に突然やってきて、またいなくなった、自由の象徴。実家のサイドボードに飾られている、睦の描いた一枚の絵が存在の証拠。リキオのせいで、自分は猫派だと思っていたが、最初に飼いたかったのは犬だったんだと、ＰＢに出会ってから思い出した。


「睦さん、大丈夫?」

シンクの前に立ち、スポンジを握りながらとりとめなく頭に思い浮かんでは消える、愛しいものたちとの思い出に心を奪われ、マグカップを取り落とした睦に樹木が声をかける。

「はい、これもお願いします」

睦が食べ終わった皿をテーブルから運んできた樹木は、シンクの空いたスペースにそれらを置き、台拭きを睦から受け取ってテーブルを拭く。そしてまた睦の横に、なにをするわけでもなく立っている。

「母ってなんか、大変だよね。でも、睦さんの前だと子供みたいですよね」

「そうなのかなぁ。一緒にいないときのことはわかんないけど」

「長女だし、けっこう頼られがちだけど、本当は不安なんですよ。いろんな辛い思いをしてきた人だしね」

皿を洗う睦も、その所作を眺める樹木も、そのあとしばらくなにも言わなかった。

「灯台」

樹木が呟く。

「え、とうだい？」

「そう、あの海辺に立ってるやつ」

「ああ、灯台ね。なんだよ、急に」

「いや、似てません？　母って、灯台に」

「そう？」

「うん。でもなんか、船が迷わないように海を照らしてるのか、暗い夜の海に自分がなにかを探してるのか、ちょっとわかんない感じ」

玄関でピー、ピーとバックする車の音、タイヤがコンクリートの段差を乗り越える音がする。

「あ、帰ってきた」

樹木の言葉に、睦は皿を洗う手を止める。僕、代わりますよ、という樹木にその場をまかせ、睦は足早に玄関へと向かう。左手の壁にあるスイッチを押し、玄関灯をつける。自分は船のように格好良くはない。よくてせいぜい羽虫かな。そう、雨戸を閉めようとするときどき入ってきてしまう、大きい蚊みたいな、あれだ。真っ暗なこの家で、なにか大切なものを探し続ける灯台の光に誘われてふらふらとやってくる、外からの侵入者。その灯りを消さないように守ることなど、自分にできるだろうか。

鍵を解いて、扉を開ける。門の外で、こちらに尻を向けて後部座席から荷物を引っ張り出し、車の自動開閉ドアを閉めた未土里が振り向く。

チャイとミルク

絞り出すような叫び声が聞こえて目が覚めた。それなりの力を込めて瞼を開くと、アーモンド型の隙間からまつげ越しに、斜めに傾いた寝室の景色がフェード・インしてくる。遮光カーテンと壁、身体に覆いかぶさる羽毛布団の雪山みたいな盛り上がりと、お揃いの白い木綿製カバーが掛かった、枕の丘陵。メガネをかけていないせいで近いものはぼやけ、遠いものは二重に見える。下になっている耳の付け根がくすぐったくて手をやると指先が濡れた。叫んだのは自分だった。もういっぽうの目頭からこぼれ落ちた涙は、鼻梁の真ん中あたりを乗り越えて反対側の頬の途中で止まっている。確かに、夢のなかでは泣いていた。でも、目覚めた世界との脈絡がなさすぎるこの涙は自分のものに思えない。本当ならあっちの世界に留めておくべきものを誤って持ち帰ってしまったみたいな、変な気持ちになる。そういえば、ピピちゃんもときどき寝ながらムニャムニャ喋ったり、ワン！　と吠えた自分の声に驚いて起きたりしていたっけ。叫び声や涙と同じように、夢のなかのピピちゃんもこっちに連れて帰れたらいいのに。

手のひらで涙を拭いながら、目覚めきっていない頭で未土里は子供のようなことを考えた。階段の踊り場の小窓から差し込む日差しが、薄暗さを四隅に残しながら弱々しく部屋を照らしている。二つの六畳間と廊下の壁をぶち抜いて作った二階の大きな部屋は、樹木が一人で寝られるようになり、ＰＢが階段を自力で上がれなくなるとともに長所を失って、いまではがらんと味気ない。寝室とファミリールームに分けて区切ろうと考えて久しいが、日々の雑事に追われる未土里を睦がせっつくこともないので、結局そのままになっている。南向きの壁一面を占める掃き出し窓にはすべて雨戸がついていて、未土里は寝る前に必ずそれらを閉める。明るいと眠れなくなってから、もうどのぐらい経つだろう。樹木なんて、そのほうがいいと言って小さなライトをつけたまま寝ているのに。更年期に差し掛かったせいなのか、ピピちゃんを亡くしたせいか、いまでは小窓の磨りガラス越しの明るささえ邪魔に感じるほど眠りが浅い。そこにも遮光カーテンをつけようとずっと思っているのに、ずるずると先延ばしになっている。

とはいえ、寝室は冬が最高だ。屋根にも壁にも断熱材が入っていない古い家の二階は夏場、朝九時を過ぎたら寝ていられないほど暑くなり、正午にはエアコンも効かなくなる。いっぽう冬は、床から上がってくる冷気に足首を摑まれ、そのまま地獄に引きずり込まれそうな一階の寒さと比べると寝室は嘘のように暖かく、天国みたいな居心地の羽毛布団のなかでいつまでだって過ごせる。未土里にはもう、高校生の樹木を時間通りに送り出す仕事も、誰より早く目覚めてうろうろしたり、寝ている睦や未土里の顔を舐め回したりするPBにご飯をあげる仕事もない。真冬に頑張って早起きする理由が、他にあるだろうか。

二月×日

自分の叫び声で目が覚めた。悲しい夢を見たせいで、本当に泣いていた。

なんとなく覚えてるのは、そこがヨーロッパ（イギリスかフランスか、ドイツの郊外）にある、ドーム型の屋根がついたターミナル駅だったこと。わたしは列車に乗り込もうとプラットフォームを歩いていた。途中、列車から出口に向かって歩く集団とすれ違い、そのなかにいた女性の一人がピビちゃんの生まれ変わり（もしくは昔話の動物が恩返しでよくやるみたいに、人の姿をしたピビ）だと直感した。彼女を振り返り、茫然と背中を見つめる。我に返って、スーツケースをその場に放り出したまま、行き交う人を押しのけて彼女を追いかける。やっとの思いで肩を摑むと、振り向いた彼女も、周りにいた人たちも、いつのまにか一九世紀の装いに変わっていた。彼らが中流階級の御婦人や紳士の格好なのに対して、わたしは労働者階級の男性の格好をしていた。ピビちゃんでしょ、わかってるんだよ、とわたしが言うと、彼女は無言でただ頑なに首を横に振った（髪の色は明るい干し草色、肌はほどよく焼いたトースト色、目は緑がかった茶色だった）。そのまま引き下がれなかった。彼女のまなざしはあの晩、ピピがわたしを見つめ返したときのそれで、彼女が嘘をついているだけだと確信していた。でも、だったらなぜ自分がPBだってことを隠すんだろう。いまや彼女は人間として別の世界を生きているから、あるいは単に身分が違うから、まさかとは思うけれど、本当はわたしのことを嫌っているからとか？　すっかり訳がわからなくなって、わたしは泣きながら彼女に詰め寄った。困ったような顔をした彼女も、いつの間にか泣いていた。きっとなにか、絶対に本当のことを言ってはならない理由があるのだ（そういえば、昔話でも動物はみんな自分の正体を隠していた。ばれたらおじいさんとおばあさんのもとにはいられなくなる）と思った。再会を喜べないことが苦しく、悲しかった。だからわたしは、ピピちゃんとは離れ難かったけれどあの技を使って無理やり起きた。起きてからもしばらくは悲しくて、じっとしているしかなかった。それから携帯電話をとって時計を見た。一一時三八分だった。

昼前まで寝ていても、未土里の睡眠時間は七時間程度だ。睦がいない日の就寝時間がどんどん遅れて、明け方近くになっている。早起きする必要がなくなると、帰宅が一一時になるバレエレッスンのあともゆっくりストレッチできるし、原稿のある日は時間を気にせず、ひと区切りつくまで書くこともできる。それから風呂に入ったり、一人でほっと一息ついたりしているうち、小窓の向こうに見える夜の色は漆黒から群青色に変わり、どこからか鳥の囀《さえず》りも聞こえ始める。

好きにすれば、と睦は言うが、深夜まで起きている未土里をよくは思っていない。だから未土里が疲れたと言ったり、落ち込んでいたりすると、早く寝たほうがいいよ、と声をかけるんだろう。睦にはわかるわけない、と未土里は思う。人の世話で終わり、人の世話から始まる日常がこの世に存在すること。たっぷり寝ても、ああ、また何もできなかったと自分を責めてしまう、夜のように暗い焦りのなか迎える朝があること。

それに、もともとこれがわたしのペースなんじゃないか、とも未土里は思う。朝七時に起きなければならなかった高校生のときだって、午前二時までは最悪、起きていていいルールにしていた。樹木が生まれ、必要に迫られて、彼の生活に合わせたリズムに矯正はした。一八年以上それを続けてきたんだから、もう十分。ここから先は、好きにさせて。

二月×日

今日はバレエの日だった。レッスンのあと、真希ちゃんと新しい家族を迎えることについて話す。最近よくチェックしている、保護犬サイトで見つけたチャイちゃんの話、うんうんと聞いてくれた。わたしもよく、新しい子猫が家の庭に迷い込んでこないかなって思うよ、と真希ちゃんが言うのには驚いた。他の子があと三匹いても、そういうふうに思うものなのか。サイトに猫もいたよ、と言ったら、もう少し身近な縁がいい（知人が野良猫の引き取り手を探しているとか）とのこと。猫ならそれもありそうだけど、チワワの野犬を保護する可能性なんてほとんどゼロだ。犬の場合、やっぱり自分から動いてお迎えするしかない気がする。ただ、最近ようやく、ピビちゃんがいたらできないこともあるなと思えるようにもなった。明け方に寝て昼前に起きる生活もそうだし、長期で出張したり、コロナ禍が落ち着いたら海外に出かけたりすることもきっとある。さすがにもう、両親には預けていけないし……。もしも犬を迎えるなら、よくよく考えなきゃいけないと思う反面、あらゆる問題や難しさを解消しなければ「無責任」なんだとしたら、もうどんな生きものとも暮らせない、とも思う。もしわたしが素晴らしい計画性を持っていて何事も用意周到、確かなことだけに取り組む人間だったら、おそらく樹木もPBもいない世界に生きてただろう。

ベッドに上半身だけ起こし、ぺたんと座ったまま未土里は隣の部屋に耳を澄ました。自分の寝ているあいだに樹木は大学へ行ったのか、それともまだ眠っているのか。この二年で、母の悪習に引きずられるようにして、樹木もすっかり宵っ張りになってしまった。お母さんが起きてていいなら自分だって、と高を括っているのだろうが、未土里にはそれが面白くなかった。樹木のことになると一転、なにもかもが心配になる。こんな生活をいまからしていて、就職したら困るんじゃないかとか、朝起きられないことを理由に就職そのものを諦めてしまうんじゃないかとか（後者はまさに、未土里自身が選んだ道だったにもかかわらず）。それだけじゃない。樹木を産んでからこのかた、世界中が寝静まったあの時間だけが、未土里の所有できるわずかな、自分のためだけの時間だった。樹木も、家族や友人も、仕事相手も寝静まったあの時間だけは誰にも邪魔されることなく、どんなふうに過ごしてもよかった。樹木が赤ちゃんだった頃は、その時間を使って「SEX AND THE CITY」のDVDを観ることが息抜きだった。一晩に一話か二話、全シーズンを通しで少なくとも一〇回は観た。そのうち、落ち込んだときはこれ、笑いたいときはこれ、とお気に入りの話ができて、そういうエピソードは二〇回以上観ている。樹木が保育園での生活に慣れてくると、未土里の心と身体にも少し余裕が生まれ、海外ドラマ鑑賞の時間は次第に子育てと文化評の合わさったブログの執筆に充てられるようになった。ブログが話題になって文章の依頼がき始めると、今度は昼間の仕事を辞めるまでの原稿執筆の時間になった。執筆の仕事が軌道に乗ったあとはその時間を勉強に充て、大学院に通った。未土里をいまの未土里に育て上げたのは母業でもパートナーシップでもなく、自分自身と向き合う深夜の時間、静かで、自由で孤独なあの時間だった。誰も見ていないし誰にも見せない、その存在にわたし以外の人間が気づくことは決してない、だからといって無かったわけではない時間に立ちあった誰かがいるとすれば、それはPBだったと思う。

深夜、部屋こそ違うが同じ屋根の下にもう一つ灯りがついているという事実が、自分だけの自由に不協和音を引き起こすのではないかと未土里を不安にさせる。案の定、樹木はときどきトイレや歯磨き、喉が渇いたなどの理由で階下にやってきては、未土里に話しかけてくる。家を出たことがない樹木はまだ、未土里の知る「一人」の意味を知らないのかもしれない。でも結局、わたしたちは同じ類の人間なんだろうと未土里は思っている。昼間、社会での役目を終わらせたあと、どんなに疲れていようと自分だけの時間が必要な人たち。夢中になれるなにかに没頭することで昼間のノイズ——人と歩調を合わせるための同意や制御や嘘、望まずとも飛び込んでくるひどいニュース、それらすべてに律儀に感情を発動させるせいでくたくたになった心——をなんとか取り消そうとしている。その意味では（夜は苦手だが）睦も、そういえば母だって同類だ。未土里が実家に暮らしていたころも、家を出て帰省したときも、母の部屋からは毎晩二時過ぎまで明かりが漏れていた。子供たちが大学生になっていっとき、放っておけば昼前まで寝ている時期があった。未土里が朝九時前に電話しようものなら、寝ていたのに！と電話の向こうの不機嫌な声に叱られた。少しして、実家の電話は午前一一時を過ぎないと繋がらない設定になった。かけると「ただいま電話に出られません」というメッセージが自動で流れ、着信音が鳴らない設定に、父にも相談せず母は変えてしまった。

二月×日

チャイちゃんは可愛いが、少しPBに似過ぎているかも。チョコレートタンの毛色だから見た目は大きく違うけど、顔の表情が豊かで、どことなくピビの面影がある。たくさん病気を抱えているところも似ている。僧帽弁閉鎖不全症、気管虚脱、パテラ（病名知らなかったけど、膝の関節が外れやすい症状）。ピビちゃんはさらに大泉門が閉まっていなかったし、てんかんもあったし、角膜ジストロフィーもあった。

保護犬サイトを見ていて、初めてわかったことがある。それは、ピビちゃんがかなりの病気（すべて軽症だったとしても）を持っている子だった、ということ。小さな身体にたくさんの難しいコンディションを抱えていた割には、元気なまま長く生きてくれたのかもしれないということ。だからといって悲しみが消えるわけではないけれど、少しの慰めにはなった。

わたしなら、ピビと暮らした経験を生かしてチャイちゃんをお世話していけるかもしれない。そう思ったりもするけれど、二ヵ月に一度の通院や毎日の投薬、食事に気をつけたり、運動量や部屋を工夫することにはたくさんの時間とお金、心配を費やさなくてはいけなかった。あれをもう一度やれるだろうか。

よく見る保護犬サイトに掲載されている子の多くは、「繁殖屋」からレスキューされた犬たちだ。繁殖屋というのはどうやら、ペットショップに卸すために大量の動物を狭い檻で飼って、繰り返し交配させ、妊娠させ、子を出産させる人間の組織のことらしい。ちょっと考えたら想像できることなのに、実際にそういうことがおこなわれているという認識は、保護犬たちの顔を写真で見るまで現実味がなかった。ブリーダーとは違う職業の、繁殖屋という人たちがいったいどうしたらそんなことに関われるのか、理解できない。わたしは想像してみる。他の女たちと狭い部屋に閉じ込められ、風呂にもろくに入れてもらえず、運動もさせてもらえず、まともな食事も清潔なシーツも与えられないまま、妊娠するまで定期的に人間の男との交配を強要され、子を産まされ、産んだ子はすぐさま取り上げられ、また部屋に戻されるのを繰り返す自分の姿を。耐えられなかった。

チャイちゃんは六歳まで、本当にそうやって生きてきた。サイトには、子犬にも親犬の疾病は遺伝する可能性が高く、子供たちのことも心配だというつぶやきが添えられていた。ピピちゃんのお母さんも、病気を抱えた身体で何度も子供を産まされ、そのあと捨てられたんだろうか。チャイちゃん以外にもたくさんいるだろう、繁殖屋に放棄された個体（彼らの目的を果たせない＝役立たずだとみなされる犬）たちはどこにいくのか。いまのわたしには調べる勇気がない。でも、いつか元気になって必ず助ける仕事をする。

パジャマ姿のままではさすがに寒くて、ようやくベッドから立ち上がった未土里はフリースの上着を羽織って靴下を履き、部屋の雨戸を開けた。扉がきいっと開く小さな音がして、樹木が部屋から顔を出す。

「おはよう」

声をかけてきた樹木を振り返って、未土里は思わず笑いそうになったが、こらえて挨拶を返す。

「おはよう」

身体だけを見ればすっかり大人なのに、短めに切った髪のサイドと後頭部で激しく自己主張する寝癖や、未土里の立てた物音で目が覚めたのに、ずっと前から起きてたように見せるところは昔からちっとも変わらない。赤ちゃんのころから昼寝が嫌いだった樹木は、車に乗せるとチャイルドシートの上ですぐに寝落ちした。寝ていないときはずっとお喋りしている子だったから、静かになるのは寝たというサインだった。運転席からバックミラー越しに確認すると、たいていは額に汗をかきながら、小さい口をぽかんと開けて寝ている。目的地に到着し、目覚めた樹木におはよう、と声をかけると、樹木はいまと同じ顔でこう言うのだ。

「きいちゃん寝てないよ、考えごとしてたの」

階下にまっしぐらに降りていく樹木がトイレの扉を開け、また閉める音がした。未土里は階段の踊り場から、一階に向かって叫ぶ。

「あーもう、お母さんがいま入ろうと思ってたところなのに！」

オッケィ、とトイレからくぐもった樹木の声が言う。

二月×日

一時預かりブログで発見した、ミルクさんが気になっている。舌が口の脇からはみ出してペロン！　としているのがコミカルで最初は笑ってしまったけれど、遡って投稿を読んでいくうちに、そういう子たちはオーラルケアをしてもらえなかったせいで歯が抜けたり、抜歯を余儀なくされたりした結果、口腔内に舌を収めておくことができないのだと知った。舌が乾燥してしまうらしい。

いまや、保護犬のブログを見ることが癒しになっている。どの子もすごく可愛いけれど、うちに迎えようという決心はまだつかない。チワワのことしか知らないから、別の犬種や猫を迎えるとなったらまた一からのスタート。そう思うとますます重い腰があがらない。

ミルクちゃんは、スムースコートの白いチワワ。こうした名前は保護施設の人が仮でつけるから、単純なものが多いみたい（白いからミルク）。ピピちゃんが、ペットショップでチィちゃんと呼ばれていたのと同じだ。プロフィールを見たけれど、いまのところは病気もなく健康な子みたい。チャイちゃんよりはハードルが低いと思うし、ピピちゃんにも似過ぎていない。動画も観た。多頭飼いで、過酷な環境にいたからなのか、チワワ女子は気が強いということを差し引いてもすごく意志の強そうな、力もありそうな、しっかりした子だった。

「ちょっと触らせて」

寒さに負けたのか、珍しく着替えを済ませている樹木が、キッチンでコーヒーを淹れながらトーストが焼けるのを待っている未土里の隣にやってきた。後頭部で一つに束ねた髪を撫で、わー本物みたい、と子供のような声を上げる。

「どお、ちゃんとフィービーのしっぽに見える？」

「うん、すごい。グラデーションもリアル」

昨日、末土里は数ヵ月ぶりに美容室へ行き、そこで白髪まじりの長い黒髪をPBの毛と同じ色に染めてもらった。美容師の池下さんは、三段階に濃度を変えたブリーチ剤を使って、PBの毛色をかなり忠実に再現してくれた。

「モデルさんの写真を持ってくる人はいるけど、犬の写真を持ってきたのは末土里さんが初めてです」

定員二名の小さくて居心地いいサロンを経営する彼女は、笑いながらそう言った。自分で頼んでおきながら、言われてみればそうだろうね、と末土里も笑った。

髪をここまで明るくするのは学生のとき以来だった。就職活動で黒髪にし、非正規で働いていたとき茶系の赤や紫にしたことはあったが、樹木を産んでからはママ友のコミュニティで変に目立って孤立したり、あの母親だからと言われたりすることのないよう、細心の注意を払って個性を隠してきた。いまはもう、そんな気兼ねをする相手もいないのに、いつの間にか自分が無難であることに慣れてしまっている。わざわざお金や時間をかけて個性を表現する意味が見出せなくなった、というより、限りある体力をそこに費やす元気がなくなった。PBを亡くしたあと、その傾向は一瞬さらに強くなり、そこからは逆に、これまで無駄だと思って切り捨てていたことがらを見直したい、忙しさから効率を最優先せざるを得なかったこれまでの暮らしを改めたい、年齢や性別、社会的役割にふさわしい振る舞いや装いという先入観に抗いたい、と思うようになった。

二月×日

ミルクちゃんのことで、母と久しぶりに喧嘩。

ラインでひとこと、「犬をまた飼うの、どう思う?」って聞いただけなのに。「気持ちはわかるよ～　確かに可愛い♡けど」のあと、飼わない方がいい理由しか書いてなかった。最後の「追伸、飼われる　ワンちゃんの心は?（汗）」は酷すぎる。それでまた言い訳みたいに（送信取消の操作ができないだけ）「PBは十分、幸せだったね」とか。

母に言われなくても、犬を迎えるリスクも含めて一番真剣に考えているのはわたしだ。家に帰って、送られてきたラインの文面を樹木と睦に見せた。二人とも慰めてくれたけれど、涙が止まらなかった。

いや、悪いのはわたしだ。母は昔からそういう人だ。いまさら、背中を押してくれる言葉を期待するほうが甘い。うちの親、小学生が飼ってるうさぎを、ちゃんと面倒見ないからって裏山に捨てちゃう人たちだったわ。ピピの死を母に重ねて、いまのうちに頼ったり、関わったりしようなんて思ったのがバカだった。

「樹木もコーヒーとトースト、いる？」

「あら、ありがとう。じゃあお願いします」

オッケー、と言って未土里はちょうど焼けたトーストと、冷凍庫から出した食パン一切れを入れ替えた。焼き上がったほうにはたっぷりとバターを塗り、樹木の水玉模様の皿に載せる。

「ほれ、先に食べな」

「うん」

こうやって、遠慮の素振りもなく先に受け取るところが子供だなぁ、と心で苦笑いしながら、コーヒーが飲めるようになったのは大人だけどね、と未土里は思う。樹木は食パンを無造作に口に運びながら新聞を読んでいる。

「ねぇ、やっぱりウクライナで戦争が始まった」

ガスコンロの前でコーヒーを飲みながら、自分のパンにバターを塗っていた未土里は樹木の言葉に振り向く。

「えっ、嘘でしょ。あんな大国が小国相手に戦争を始めていい時代だっけ、いまって？」

樹木は、うーんと言ったあと肩をすくめてみせたきり、再び新聞を読み始める。

去年の一月六日には、アメリカの連邦議会議事堂が極右勢力に占拠された事件があった。

そのときすでに明け方に寝る習慣がついていた未土里は偶然、事件がまさに起ころうとするところを中継で目撃した。議会の模様と議事堂外の動画を生配信していたYouTubeチャンネルを、たまたま観ながら歯磨きをしていた。

おかあさん。
家族にしようか迷っているのは、すごく狭い檻みたいなところに、多くの犬と一緒に詰め込まれて、子供を産めるだけ産まされた女の子です。ミルクちゃんっていうの。保護したときは体重が六キロ（いまは三キロ台）、足はストレスで舐めすぎて真っ黒、汚い場所にいたせいで目の周りの涙焼けが酷い、右の歯が歯周病で全部抜けてしまった、推定年齢六歳以上のチワワです。
繁殖屋って呼ばれる悪い業者からレスキューされた子なの。

みいちゃん
そんな現実あるんだね。ちょうどテレビで保護犬のことやってました。
寝る前に読んで良かった。

みい、樹木、睦くんで話し合って決めたらいいよ。

みいの気持ちはよくわかっています。

おはよう^_^

考えてみましたが、確かにかわいそうな子です。

でも現実として、もし引き取ったら十分なケアで育てられますか。

普通の主婦で、のんびり暮らしてるならまだしも、一人ぼっちの時間が多すぎませんか。

時間が沢山かけられる？　自分の時間の犠牲も必要だよ。

忙しいのに、ミルクちゃんの本当の場所になれる？

みいも、ミルクちゃんの事も心配です。

せつないね。

大切な未土里へ。

追伸、父や亜季良《あきら》にも相談していい？


やっぱり相談するんじゃなかった。あとはもう自分で考えます。父や亜季ちゃんにも、相談するなら自分でするから、もう放っておいてください。

了解です。せっかく相談してくれたのにごめんなさい。
私も面倒見られる時は見るけど、私なら安易に決められない。
決して冷たい事ではないですよ。それは、わかって欲しいです。

ちょっと、三月の旅行は一緒に行ける気分じゃなくなりました。

なんで〜。ミルクちゃんの事で、ですか？
私の意見は無視して、三人がよければいいです。

おはようございます。
ミルクちゃんを家族にするなら、できる事は手伝います。
なぜ家族にしたいのか、
みいのその気持ちも聞かないうちに、自分の意見だけを書いてごめんなさい。

「いったい、世界はどうなっちゃうんだろうね」

もそもそとパンを咀嚼しながら、ダイニングチェアの上で胡座《あぐら》をかいた未土里が呟く。

「あ、そうだ。今日はおばあちゃんとおじいちゃんが来るから」

樹木が新聞から顔を上げた。

「え、なんで？」

ちょっと嬉しそうな樹木は、完璧なおじいちゃんっ子だ。

母の言い分もわからなくはなかった。実際、樹木だって彼らの手厚いサポートがなかったら、手放す以外どうにもならなかったかもしれない。ときには泣きながら育ててきたのも事実だ。仕事で実家に樹木を預けるときは、ＰＢも一緒に預かってもらえた。うちで留守番をしてもらうときにもやっぱり、樹木と一緒にピビちゃんの面倒を見てもらった。

「このあいだの、ミルクちゃんのラインのこと、おばあちゃんと話し合うの」

あー、という声とともに、樹木が顔をしかめた。

「あれはね、気にしなくていいよ。おばあちゃんに悪気はなくて、ただ、人の気持ちを考えるのが苦手なんだよ」

「わかってる」

「お母さんは悪くないよ」

「うん」

「子育てなんて、完璧じゃなくていいでしょ。ほら、僕を見てよ」

得意げな顔をしながら、親指で自分の胸の辺りを指している樹木が可愛くて、未土里は思わず吹き出した。

「まぁ、できることはしたけど、できないことはしてないね」

「誰だってそうでしょ」

「そうね」

そうだよね、と言いながら未土里は空になった自分の皿とマグカップを摑んで立ち上がる。

「それで、夕方になったら睦くんも帰ってくるから。一緒に話、聞いてくれるって」

「へー、よかったね」

シンクに皿とカップを置いて、未土里は続ける。

「ミルクさんの里親には立候補しない。なんか、自信なくなっちゃった。こんな気持ちじゃない人のところで幸せになって欲しい」

振り返ると、樹木は未土里をまっすぐ見つめ返して、ＯＫ、とだけ言った。

「皿。新聞読んだら洗っといてね」

「うん、まかせて」

数分進んだ、壁の青い時計はすでに一二時五五分を回っている。

「樹木さん、今日は学校は？」

「このあとオンライン。あと八分で始まる」

まじか、ギリギリじゃん。未土里はそう言ってお母さんモードに切り替わる。樹木が二階にいったらメールをチェックし、わたしも仕事を始めよう。スタートが遅すぎるから結局は何も終わらないうちに、両親が玄関のベルを鳴らすだろう。あ、その前に睦も帰ってくるから、思ったよりずっと時間がない。やっぱり寝過ぎたかもしれない。未土里はまたそんなふうに一気に考えてちょっとだけ焦るが、昔と違ってなんとかなる気がしている。

お母さんだって、そこまで考えてわたしたちを産んでなんかいないはず。責任とか犠牲とかっていう、ただ正しいだけの大きな言葉に苦しんできたのをわたしは知ってる。自分はできないことを、子供に期待する親の気持ちもいまはわかる。あとできっと言おうと思っていることを未土里は心で反芻する。子供がいるって不自由だと、わたしもどこかで思ってた。でも、手放して気づいたこともある。彼らがいなかったら、早起きして食事を作って、健康に長く生きたいと思うことはなかった。行きたくない飲み会を断る口実も、仕事をするモチベーションも、他にはなかった。

「やば、あとで洗うから置いといて！」

樹木が階段を大きな音で駆けあがっていき、バタン、とドアを閉める。未土里は未土里の母のように、置き去りにされた皿を代わりに洗ったりしない。樹木の言葉を信じてそれらはそのまま放置し、コーヒーを注ぎ足したマグカップ片手に、自分の仕事をするべく居間のソファへ移動するだけだ。

去年の今日

お母さんへ

元気ですか。わたしはそれなりにやっています。

あれからもうすぐ一年ですね。というか、わたしが倒れたのはまさにちょうど一年前の今日でした。そしてほら、思った通り。あなたのことだから、いっこうに片付けられる気配のないわたしのベッドを隣に置いたソファで、あの日のことを考えて泣いているんじゃないかって気がしたんです。やっぱり、様子を見にきてよかった。

今年も去年と同じお仕事で、先週一週間はまるごと出張だったのですね。迷った末、去年と同じホテルを予約したのも、ただし同じ部屋にはならないよう、部屋タイプを変えたのも知っています。夜、仕事を終えて一人になって、部屋でいろいろ思い出してしまうのが怖くて、新型コロナウイルス感染症の第七波が猛威を振るっているにもかかわらず、できるだけ人に会っていたことも。確かに、そのほうが気は紛れますが、あなたのそういうところは見ていて危なっかしく、わたしはいつも心配になります。

いったい地球はこれからどうなっちゃうんだろう、と死んでしまった身でも心配になるぐらい、今年もおそとが暑かった。そのくせ、京都から戻ったら拍子抜けするぐらいあっさりと夏が、わきまえますと言わんばかりに大人しくなった。昨日の晩なんて、開け放した窓から入りこむ涼しい風のせいで、Tシャツ一枚じゃ足りないような気持ちにさえなった、そんなところも去年とそっくりですものね。あなたほど感受性が強くて、ありとあらゆることを感情とともに記憶している人が、今日の空気を肌に感じて、わたしたちがお別れに費やしたあの数日間を思い出さないわけがありません。

そう、そんな心配もあって、わたしはこうして、書き慣れない手紙を書いています。わたしたちが一緒に暮らした日々を思い返しては、それが終わってしまったことを惜しんであなたが泣いてくれることは、正直に言うと嬉しい。人間の世界ではそういうとき、わたしのために泣かないで、なんて言ったりするんでしょうけれど、犬だったわたしは単純なのかもしれない。人だろうが犬だろうが、泣きたいときは泣きたいですものね？　自分だってきっとそうすると思うんです。そりゃあもちろん、一緒にいればわたしがお母さんを、決して放っておきませんけれども。この時期なら、晩ご飯のあと大抵はお風呂に入るからいいのと言って、しばらくはTシャツに下着のパンツ一丁で過ごすでしょう？「いたたた、爪が痛いって！」と叱られることも厭わず、あなたの裸の太腿に無理やりよじ登り、柔らかな丸太みたいなその上でなんとかバランスを保ちながら、顔をつたう涙と鼻水を舐めとるのがわたしの役目でした。いまはもう、そうできないのがとても残念。

この一年、毎日を困惑した気持ちで過ごしたのが自分だけではなかったと、少しずつ理解していったあなたをわたしはそばで見守ってきました。わたしのベッドもまだ残っていたので、ときどきこっそりそこに横たわって、昔を懐かしみながら。残された人たちはそんな風に考えもしないだろうけれど、わたしにとっても、何もかもが初めてのことだらけの一年間でした。自分の状況にようやく慣れて、やっと一息つけるのかなと思うとまた新しい学びが用意されている、という感じ。最近は、あなたのそばにいられる時間も、日に日に短くなっているように思います。お母さんの元に行こうにも、そう簡単にはいかなくなっているのを感じる。こちらの世界は、そちらの世界で天国とか地獄とか呼ばれているような、二項対立的で単純な構造になっているわけではないの。だから、みんなの様子を見に行って偉い人に叱られたり、逆に行かないことがわたし自身のいまの幸せの証であったりすることはありません。つまり、近くに行きづらいというのは多分、もっと別の問題です。身体のコントロールのことだったり、記憶のしくみのことだったり、あとはわたし自身驚いたことに、なにもかもがあの日で終わってしまったわけではなかったんです。いずれにしろ、こっちの世界はそちらで考えられているよりもずっと自由だし、怖いところでもないし、ただ、そちらの言葉ではうまく言い表せないような場所であり、状態なんだっていうだけで、特別に苦しいことや辛いことは一つもないってことを、お知らせしておきます。


「ほら、この子」

京都の友人宅で子猫を抱かせてもらっている写真を見せようと、未土里はｉＰｈｏｎｅの画面を真希ちゃんの目の前に差し出した。

「ありゃ、かわいいね」

じっくり見ようとする真希ちゃんは、食べかけのＢＬＴサンドを皿の上に置いてテーブル越しに乗り出したが、あ、だめだ、と言って頭をずっと後ろに下げた。

「いま、何ヵ月なんだっけ？」

「三ヵ月だって。拾ったとき連れて行った病院で、だいたい一ヵ月ぐらいだって言われたらしいよ」

「やっぱりねー。そのぐらい小さい子じゃないと、ここまで人に慣れさせるのはなかなか難しいだろうな」

グラスビールを口に運びながら、真希ちゃんは六年以上一緒に暮らしている三匹の保護猫のうち、いまだに懐いてくれないマヤちゃんのことを考えているようだった。

お盆前に終わった発表会の練習のため増やした、火曜日のクラスを未土里は受け続けることにした。レッスンは午前中なので、終わってからこうして真希ちゃんとランチすることだってできる。

未土里がバレエを始めたのは、樹木が小学校に上がってすぐのことだった。当初、通っていたのはこの火曜クラスだ。睦とも知り合っていなかったから、樹木を一人で家に置いて夜のレッスンに通うことはできなかった。すべての大人向けクラスを受講している真希ちゃんとは、そこからの付き合いだ。レッスンのあと、誰からともなく誘い合ってお茶をするのも火曜クラスの楽しみのひとつだった。多くの人は年齢や引っ越し、家族の都合を理由にクラスを変えたり退会したりしていったが、真希ちゃんはどのクラスも絶対に辞めなかった。樹木が中学生になり、トウシューズも履ける夜の中級者向けレッスンにクラスを変わったときも、真希ちゃんが未土里の支えだった。あからさまではないにしろ、なかには新参者である未土里にちょっとしたマウントをとってくる人もいたからだ。そんな人とも、真希ちゃんを介して打ち解けた。夜のクラスではより難しいテクニックを盛り込んだパ（振り付け）が学べること、発表会への参加が可能になることも他とは代え難かった。

真希ちゃんとは、ある出来事から急速に仲良くなった。いつだったか、夜クラスのレッスン中に真希ちゃんが転んで、右手を捻挫したことがあった。三日後、手首に包帯を巻いて真希ちゃんはレッスンに現れた。休まないところが真希ちゃんらしいな、と思いながら未土里が具合を尋ねると、真希ちゃんは落ち込んだ様子で言った。

「怪我はまぁ、大丈夫。ただ、食事の支度ができなくて辛い」

翌日、夕飯に鍋一杯の豚汁を作った未土里は、小さな鍋に取り分けた豚汁半分とおにぎりを詰めたお菓子の空き箱を彼女の家に届けた。

「助かった！　うちの旦那、料理が苦手で。ここんとこ毎日、買ってきたお弁当だったの」

未土里からの電話を切り、玄関先で待っていた真希ちゃんは大喜びした。いまでは、樹木の誕生日を一緒にお祝いしてもらうまでの間柄になっている。

「すっごく可愛いんだけど、やっぱり赤ちゃんって大変。このときも全然じっとしてなかった」

頬張っていたサラダを嚥下して、左手で口元を軽く押さえながら未土里が言うと、孫を見るような表情で動画を眺めていた真希ちゃんが、真顔で未土里に向き直る。

「そうだよ、未土里ちゃん。誰かと暮らすのはとにかく大変よぉ。猫の赤ちゃんだろうが、人間のおじさんだろうが」

家に帰る車のなかで、未土里は一年ぶりにＦＫＪのアルバムを聴いた。意識のないＰＢを病院に送り迎えしたとき、車のプレイヤーにたまたま入っていたＣＤだ。あまりに気が動転していて、曲を変えることなんか思いつかなかった。お寺の行き帰りにもこのＣＤが流れていて、アルバムを聴くとあの日々を思い出してしまう。三曲目で泣きそうになる。いますぐ手放したほうがいい君のことを想い続けるよ、とＦＫＪが歌う。

道すがら、未土里は近所のショッピングモールに寄った。郊外らしい大きな駐車場の、できるだけ店の入り口に近い場所に車を停め、後部座席に積んできた冬用の羽毛布団を剝き出しのまま抱えて、スーパーマーケットの隣にあるクリーニング店に運ぶ。この店では三人の店員が、ローテーションを組んで働いている。全員が女性で、おそらくパート勤めだ。一人は年配のベテランさんで、白髪まじりの黒髪を短いおかっぱにし、度の強そうな黒縁の眼鏡をかけている。ほとんどすべての料金とサービスを把握しているので、未土里が母からもらった特殊な素材のブランド物スカートなども、この人ならどうすれば洗えるか知っている。それから、ときどきしか見かけないわりには店にも、クリーニング事情にも精通している、やっぱりベテラン感のある人がいる。おかっぱ店員さんと比べると少し派手めでフェミニンな雰囲気、年齢は同じぐらいだけれどレアキャラさんのほうが若く見える。髪を明るい茶色に染め、手入れされた爪やお化粧、装飾品などから、あるいはオーナーの奥さんなのかもしれないと未土里は想像してしまう。最後の一人は、未土里がこの店を使い始めたころに入ってきた、新人さんだ。睦との会話の中では彼女を新人さんと呼んでいるが、実際にはすでに四年以上のキャリアだ。年齢はおそらく未土里とそれほど違わないが、お化粧の仕方や服装が年相応に落ち着いているので、いつもノーメイクでいる未土里のような年齢不詳感はない。少しおどおどして、自信のなさそうな立ち居振る舞いや表情、大人しそうな第一印象から、未土里はますますこの人はどんな人生を生きているのだろうと、勝手な妄想を膨らませてしまう。最初のうち、この人が店に立つたびカウンターには長い列ができた。クリーニングの値段から、少し専門的な仕上げや洗い方のことまで、客がなにを訊いても答えることができなくて、か細い声で自信なげに「少々お待ちください」と言っては、店内の電話で工場にすべてを問い合わせていた。人によってはイライラし、まだなのかしら、急いでるのに、などと苦言を呈した。その度に彼女はますます萎縮し、衣類のタグを調べる手が小刻みに震える。未土里はこの人に同情し、いつも辛抱強く待つようにし、時間がたっぷりあるような素振りをしたが、時間がなかったり、機嫌が悪い日にはやっぱりイライラした。あとから罪悪感を覚えて反省するのも面倒なので、そんなときは隣接するスーパーで先に買い物を済ませて、あとから戻ってくるようになった。

「いらっしゃいませ。あ、こんにちは」

店に立っていたのは新人さんだった。相手については、ここで働いているということ以外、名前も知らない。日ごと、それなりの人数が訪れるだろう客のなかで、末土里は自分が個別に認識されているとは思っていなかった。けれどもいまの挨拶で、彼女が末土里を顔なじみの客として覚えてくれていることがわかった。ロングヘアを金髪にした中年女なんてそうそういないからかもしれない。

「こんにちは」

挨拶を返す末土里に向かって彼女は両腕を伸ばし、羽毛布団を受け取ってくれた。左手に握っていた先週の伝票と会員カードを、布団を隣の作業台の上で畳んで戻ってきた彼女に手渡す。小柄ながら、手慣れた感じで専用の棒を使って、二段になった円形ハンガーラックの上段から、末土里のワンピースと樹木のアルバイト用ズボンを探し出してくれる。

「ふとん祭り」はこの店が晩春と初秋の三週間だけ、毎年行っている割引サービスだ。

末土里はずっと気になっていたことを質問してみる。

「そういえばこれって、幾らの値引きになってるんですか？」

「実際は、税抜きで四五〇〇円です。だから、だいたい一五〇〇円ぐらい安いかな」

あまりにハキハキとした返答に未土里は驚き、それから嬉しくなった。

「へぇ、結構違いますね」

「お得ですよ。普段の割引クーポンも併用できますから、あれば使ってください」

「わぁ、嬉しいな」

にっこり微笑んで一〇〇円のクーポンを受け取る彼女は堂々としていて、布団を扱う手ももう震えていなかった。


夕方、仕事をしていると睦からラインのメッセージが入る。

お疲れさま。バレエどうだった？
こちらはいま休憩中。
今朝は急ぐ必要なかった。資源ゴミ、一週間ずれて来週だった（泣）
でも、仕事が結構多かったから、結果的には◎
予定通り、明日は帰らなくても大丈夫？

睦は平日もときどき家に帰ってくるようになった。これまで通り、〆切が近いときにはスタジオに泊まって欲しいと、未土里のほうからお願いしている。外での仕事が遅くなったり、雑務が重なってちょっとバタバタしたりする日は、「夕飯は作るよ」と自分から言ってくれる。先週末は、夏休みを謳歌する樹木が外出しているあいだに、彼の部屋にも掃除機をかけてくれた。掃き出し窓のカーテンレールが取れかかっていることにも気づいて、明後日は修理のために必要な道具を持って帰ってきてくれるらしい。

そうなんだ、災難だったね（汗）
おつかれさまでした。
うん、帰りはあさってでオッケーです。
合わせてくれて、ありがとう。

去年の今日、わたしが最初の発作を起こした次の日、あなたはすごく大変そうでした。朝いちばんにわたしを病院へ連れていき、そのまま近くのスターバックスで締め切りの原稿を書きながら病院からの連絡を待ち、電話がかかってきたと思ったら自宅で待つよう指示されて家に戻り、そこで仕事の続きをしていました。その合間にも、できればあったほうがいいと獣医に言われた酸素室の装置をレンタルし、夕方にはわたしをお迎えに来て、おうちの酸素室にわたしを入れると今度は取材のため、都心に出かけて行きました。取材が終わってすぐ、こっそりｉＰｈｏｎｅを見ると着信が何件もあったし、家族のグループラインには睦くんから、樹木と一緒にタクシーでわたしを救急病院に連れて行くとメッセージが入っていました。大急ぎで家に戻ってきたあなたが、車で救急動物病院に駆けつけたときは午前零時を少し回っていたはずです。かかりつけのお医者さんが言葉を濁していたのに対し、救急病院の若い先生は、わたしがもう助からないことをあなたにはっきり伝えました。あなたは静かに泣きながら、ベッドに横たわるわたしを抱かせて欲しいと先生にお願いし、抱っこしてくれました。このまま連れ帰ると発作が起きて死ぬかもしれないし、ここに置いておいても結局は助からなくて死に目に会えないかもしれない。そんな難しい選択を迫られたあなたは、悩み抜いた結果、わたしを置いて家に帰ると決断しました。あのとき、わたしは絶対にまだ死ねないって思いました。だって、すべてが動き出す前の晩に、わたしはお母さんと約束したんですから。これから辛い日が少し続くけれど、そばにいてねって。わたしのお願いは言葉じゃなかったけれど、あなたは気づいてくれた。すべてが終わるまで、あなたはもうどこにも行かないつもりだと、わたしにはわかりました。だからわたしも、旅立つときはお母さんの目の前で行こうと決めたんです。あなたと、できれば樹木がいるところでお別れしようって。二人でその瞬間に立ち会えば、悲しいときはあのときこうだったね、と語り合える相手がいますし、お互いに慰め合うことができますから。

大学が夏休みに入る前、あまりにもだらしない生活を続けている樹木に未土里は業を煮やし、ちょっとした喧嘩になった。

「もう少し早く起きてほしいし、パジャマで一日過ごさないで」

個室を持たない未土里が家で円滑に仕事をこなすには、一人になる時間がどうしても必要だ。樹木もそのことはわかっているはずだから、もしかして言いすぎたかもしれない。可哀想なことをしたな、と未土里は少し後ろめたく思ったが、古き良き母親像を樹木が内面化していないからか、そりゃそうだよねと母の話を素直に受け止めている。話し合いのなかで、コロナの先行きが見えなくて辞めたアルバイトをまた始めたらいいのかもね、ということになった。樹木は早速、バイト情報サイトなるものを大学の先輩に教わってきて、一週間ほどで条件の良いバイト先を見つけ、面接を受け、見事に採用されて帰ってきた。

「国語の宮沢先生が塾長になってて、よく来たな、って喜んでくれた」

子供のころ通っていた学習塾で雇ってもらうことになったという。そういう、なんだかんだ人に可愛がってもらえるところまで亜季ちゃんに似てるんだよなぁ、と未土里は思ったが、口には出さなかった。最近は父親にも似てきたけれど、小さいころから樹木が一番似ていると言われてきたのが、未土里の七歳離れた弟の亜季良だった。あんな風になってくれるなら御の字だと本気で思うほど、未土里は亜季良を可愛がり、信頼している。樹木が六ヵ月のとき始まった一人親での子育てを、大学生だった亜季良はよく手伝ってくれた。この二〇年で何度か、もう育てられない、と泣きながら相談したこともあったが、「どうしても無理なときは僕が育てるから心配しなくていい」と、生物学的な父親からも言われたことのない頼もしい言葉でいつも未土里を支えてくれた。ピビちゃんが亡くなった週末も、妻の美里《みさと》ちゃんと末娘のかのん、ミニチュア・シュナウザーのホルへを連れて、様子を見にきてくれた。ホルくんを抱っこすることが慰めになると考えたんだろうし、実際そうなった。樹木も亜季ちゃんにはなんでも話せるようだし、二人の従姉妹たちのことはまるで妹のように可愛がっている。未土里が未土里の母の幼少期の写真を自分と見間違えるように、幼い亜季良の写真を見て樹木が写っていると思ってしまうぐらい、二人は似ている。

塾の講師は、将来子どもの教育に携わる仕事に就きたいと考えている樹木にとって、これ以上ないアルバイトであるうえ、時給も悪くなかった。いつのまにかなんでも自分で探してきては着々と自立に向かっていく樹木を、子ども扱いすることから抜け出せずに心配ばかりしている自分は母にそっくりだと、未土里は思う。樹木がいなかったら、あれだけ煩いと思ってきた母の気持ちが、こんなかたちで理解できるようになることはなかっただろう。母のようにはなるまいと考えてきた未土里自身も結局、おそらく樹木にとっては煩《うるさ》い親に違いない。そういう挫折って樹木風に言うと尊いなと、この一年で未土里は考えるようになった。

夏休みに入り、本格的にバイトが始まった樹木は家を空ける日が増えた。バイトの合間を縫って大学にもしょっちゅう顔を出しているようで、九月を待たずに半年の定期券を購入したと、未土里は領収書を渡された。ようやく始まった大学生らしい生活を満喫しているのならなによりだ。去年のいまごろは、コロナのせいで友達もできないし、大学に行く意味なんかないんじゃないかと毎日のように愚痴をこぼしていた樹木だが、いまはサークルを掛け持ちし、別の大学の友人だという誰かの名前もちらほら話題に上る。キャンパスに住み着き、不特定多数の人々に可愛がられているという野良猫たちの写真が、ときどき未土里のラインに送られてくる。

ズズズ、とコーヒーテーブルの上のｉＰｈｏｎｅが振動し、明るくなった画面上に丸く切り取られたＰＢの顔が現れる。睦のラインのアイコンだ。

やることが終わったので、いまから帰ります。

歩きですか、という質問に既読はつかない。この分だと、遅くても三時ごろには帰ってきそうだ。昨日はあんなに涼しかったのに、今日は八月上旬のような猛暑が戻っている。去年はどうだったっけ、と考える。仕事を終えたあと、傘をさして雨のなか最寄りの駅に早足で向かったこと、運転中の景色が時折ワイパーで遮られたこと、黒く濡れたアスファルトの道路に赤信号が反射して美しかったことを未土里は思い出す。

「いやぁ、外、やばいよ」

玄関を入るなり、汗だくの睦がうんざりしたように呟いた。さすがに電車は使ったらしいが、駅からこの家までは日陰のない坂道を歩かねばならない。リビングに荷物を下ろして真っ先に風呂場へ駆け込み、シャワーを浴びている。未土里は朝からずっと、ソファで原稿の執筆をしている。睦が脱衣所に出てきた音で立ち上がり、ガスコンロの上で冷ましていた麦茶を氷のいっぱい入ったグラスに注ぎ入れ、ソファに戻る。

「麦茶、入ってるよ」

キーボードを打ちながら大きな声で告げると、さっぱりした顔の睦はトランクスにTシャツ、首からタオルという姿で未土里の隣に座り、ただいま、と肩に腕を回してキスをする。未土里はくすぐったそうに首をすくめながら笑ってそれに応え、すぐにまた原稿の続きに戻る。睦は立ち上がってキッチンへ行き、麦茶を飲む。冷凍庫の引き出しを開け、棒に刺さったフルーツ味のアイスをひとつ取り出してソファに戻る。アームレストに膝を引っ掛け、未土里の太腿に頭を少しだけ載せる格好でソファに寝転がってアイスを食べる。いる？　と差し出された紫の冷たい塊を、ぶどう味は苦手、と未土里は断る。食べ終わったアイスの棒を口に咥えたまま、画面に集中する未土里の様子を睦はしばらくぼんやりと眺め、カチャカチャとキーボードを打つ指の音を聞いているようだった。石鹸の匂いがする、と未土里は思う。

「あ、そうだ」

睦が立ち上がって、玄関のほうへ歩いていく。

「はい、これ」

戻ってきて未土里に差し出したのは、ひまわりの小さなブーケだった。未土里は手を止め、ノートパソコンを閉じてそれを受け取った。

「明日、ちょうど一年だね」

「可愛い。おしりちゃん、喜ぶね」

さっそく飾ろっか、と二人は立ち上がる。未土里はシンクでラッピングをほどき、睦は棚の奥からちょうどいい大きさの花瓶を引っ張り出す。いいサイズの花瓶は色が気に入らなくて、未土里が選んだのは睦が学生時代に付き合っていた工芸学科の子から誕生日にもらったという手吹きのグラスだ。未土里はそれに水を入れてブーケを挿し、ＰＢの遺影の前に置いた。

「ほんとにこれでいいの？」

「もちろん。ほら見て、素敵だから」

未土里は満足そうにブーケを眺める。

お母さんへ
睦くんって喋るのは上手じゃないけれど、心はきれいです。あなたみたいに、日々沢山のことに追われすぎていないところが、彼は素晴らしいと思います。お金や、地位や名声と引き換えに、自分のペースや時間を犠牲にしすぎたりしないから。大好きな人のためなら惜しまず、自分の時間を分け与えることができる人です。そりゃあ、自分が寂しいのに「おいで」って、わたしどころかお母さんにまで言ったりしますけど。「呼びつけないで自分がくれば?」とあなたが意地悪を言うたび、わたしも胸のすく思いだったんですよ！人間が「オスならこう」と思い込んでいる様式美、わたしにはちっとも理解できなかったから、そういう意味でお母さんは犬に近いのかもしれません。わたしたちにとっては個性がすべて。なかでも大事なのは、匂いです。

やっぱり今日、夕飯はいらないやと樹木から連絡が入った。睦は二階のベッドに寝転がって、ＰＢの尻尾にそっくりな未土里の髪と、裸の肩を撫でている。

「ピピちゃんがまだ元気だったときは、爆睡してるなーと思っても一階の電気を消すと絶対、起きてきたよね。そのあと暗闇のなか、チャッチャチャッチャッ、って歩きまわる爪の音が聞こえて、シーンとしたなと思うとトントントン、ダダダッ、って階段上る音がして。ベッドの足元で、つられてお尻が左右に揺れちゃうぐらい、めいっぱい尻尾を振って、きゅるん、っていう目で見つめてくるから、ベッドに上げちゃう。それでも睦が来るまで、足元にしか寝かせてなかったんだよ。犬は苦手なんて言っておきながら、自分が一番甘やかしてた」

末土里が笑うと、スローケットで隠れていないほうの乳房が一緒に揺れた。

「いっつも真ん中に陣取って、この枕に頭載せて人間の赤ちゃんみたいに寝てたなぁ。こうやって二人で仲良くしてると、必ずあいだに割って入ってくるんだよね」

「ふふ、そうだった」

「あれって、何だったんだろうね」

「やきもち。だってわたしたち、こっそり睦のこと奪い合ってたもん」

末土里の冗談に、えへへへ、と睦が照れ笑いする。

「自力で階段を上がれなくなってからは、寝る気配がすると足元にきて、ガリガリガリ、って抱っこを要求してきたよね」

「そう。でもそれもしなくなったね。いつからだったっけ」

「いつだったかなぁ」

「もう、抱っこがしんどそうだったから、最後は」

「そうだねぇ」

「わたしは抱っこ、できるよ」

不意に抱きついてきた未土里を、睦が受け止める。

「あのさ」

「うん」

「わたしより先に死なないで。一分でもいいから、わたしが先」

ＰＢが死んでしまうずっと前から未土里はときどき睦にこの、変なお願いをする。

「そんなの、わかんないよ」

「えー、いいじゃん、死なないよ、って言ってよ。無責任なことを浅はかに約束するクソ野郎みたいに」

未土里の言うことはときどきよくわからないし、面白い。

「じゃあ、先に死なない」

笑いながら睦が答えると、未土里は身体を離して仰向けになり、顔だけ睦のほうに向けてにっこり微笑んだ。

「それでこそ、わたしのクソ野郎」

さ、起きるぞー、と伸びをしたあと、未土里は裸の両脚を高くあげ、振り下ろした反動で身体を起こした。睦はのそのそと四つん這いの格好で、スローケットの下から二人分の下着を探しあて、片方を未土里に手渡す。それぞれ床の上からＴシャツやパンツを拾い上げて身につける。カーテンレールを直すべく睦は樹木の部屋に行き、未土里は階下のキッチンで二人だけの簡素な夕食を支度する。

お母さん、今日は人間の世界で言うところの、わたしの命日なんですね。

お花ありがとう。

睦くんにも、樹木にも、わたしからキスを贈ります。

雨粒が屋根を打つ音で、未土里は目を覚ます。両手で耳を触る。低反発ウレタン製の耳栓はちゃんとそこにある。遮光カーテンの輪郭が白く発光しているように見える。どうやら昨夜は、雨戸を閉め忘れたらしい。アイマスクはいつも、夜のうちに外れてどこかにいってしまう。

変わったのは見た目だけではないことを、最も実感するのがこの時間だ。若い頃とはまったく違う身体に驚き、戸惑いながら、それと生きるほかないことに未土里は気づきつつあった。ピピちゃんのいる世界に向かって自分も、彼女よりはおそらくゆるやかな速度だろうが着実に進んでいる。七〇代の身体を持つ母が生きる世界を未土里が理解できないように、樹木やバレエ教室の若い仲間や二人の姪たちが、未土里の気持ちで世界を見ることなんてできるわけがない。彼ら、彼女たちのおおらかさ、ある意味での鈍感さは、身体の力と関係する何かなのかもしれないなと未土里は思う。

朝、意識は目覚めていても、すぐに身体を起こすことができない。かと言って、横になっていても休んでいるという感覚は薄く、首だったり背骨だったり、どこかしらに鈍い痛みや違和感がある。それでもこの時間を、未土里は愛おしく思った。時間ギリギリまで寝ていられたかつての身体。使っても、使っても、眠れば回復できた身体がどんな使い心地だったのか、それを思い出すことも難しくしてしまういまの身体の感覚。こうした変化を、PBだって感じていたに違いない。大好きな人に寄り添いたい気持ちと、抱かれることで痛みを感じる身体との折り合いを、彼女はどうやってつけていたのだろう。

できるなら今日だけでもいいから、携帯電話やパソコンの文字は一切眺めたくない。毎朝そう思うのに、未土里には今日も書かなければならない原稿がある。隣に寝ていたはずの睦はいない。ヘッドボードの上で、白いコードに繋がれているiPhoneを手に取る。ホーム画面に、大きくて白い11：43が現れる。

月刊誌の〆切はたいてい被っていて、多くは月初めに設定されている。はなからそれがわかっているなら自分のルールで締め切りを少しずつずらし、早めに原稿を仕上げればいいのだけれど、そう簡単にはいかない。連載ならそれも可能だが、単発の仕事の場合は依頼が来るタイミングもほとんどの雑誌が横並びのうえ、締め切りまでの期間が一ヵ月を切っていることも多い。カメラがデジタルになり、雑誌がオンラインに移行してますます、依頼から納品までの期間は短くなっている。フリーランスで仕事をする末端の個人は、自分の身に降りかかるこうした困難を、黙々と乗り越えていくしかないと考える。ややこしいことを言い始めたら、次の仕事がもらえないことはわかり切っているから。世界は若くて、素直で、頑張れる人間が好きだ。未土里はもともとそういうタイプではないが、他人がそうと見誤る程度に装うことへの興味も、ＰＢと一緒に失った気がする。

未土里が一ヵ月でいちばん忙しい月初めの去年の今日、あの子は遠くへ逝ってしまった。気遣いのつもりで睦が口にする、未土里は忙しすぎるという言葉はまだ、終わってしまったことに対する未土里の罪悪感を刺激する。どうにもならないことなのに、と未土里は思う。いったいどう生きるのが正解なのか、未土里にはますますよくわからなくなっている。そんな働き方、いつまでできると思ってるの。そんなふうに言われたら、返す言葉は見つからなかった。でも、未土里には修士課程への進学を望む子供がいるし、車や家のローンもある。年金も、親の遺産も、睦の収入も頼りにできないのだから、自分で働くより他に選択肢はない。そう考えるのは間違いなのだろうか。

　去年まではそこに、フィービーの生活費も含まれていた。彼女には淡々と、けれども毎月それなりのお金がかかった。人間の子供に比べたら、微々たるものだったけれど。特に最後の一週間は、毎日数万円の治療費が飛ぶように出ていった。彼女が死んだあと、病院から送られてきた請求書の合計額を見て驚いたが、それでも高額になりすぎないよう、料金が調整されているのは未土里にもわかった。とにかく助かって欲しい、治療費はいくらでも払います。お金の当てなどないのにそう言った人から、間黒男《はざまくろお》は治療費を取らなかったなぁ。突然、そんな変なことを思い出した。

　階下に降りて、薬缶を火にかける。換気扇のスイッチを押す。トイレでおしっこをしてキッチンに戻る。手を洗って時計を見る。一二時……七、八分ってとこか。家には壁掛け時計が二つあって、どちらも数字が書かれていない。数字があるべきところには、円形を一二分割する小さい印があるだけだから、正確な時間はわからない。

　青い文字盤の時計の下には、その上がPBの祭壇と化した、未土里より少し背の低い食器棚がある。ピピの写真の右隣には、二八歳の未土里と〇歳の樹木が頬を寄せ合って笑う写真、その右隣には、大学時代の後輩が描いてくれたピピちゃんのドローイングが飾られている。未土里はその前にひとつ、大好物のミルキーウェイというキャンディ・バーをお供えした。犬の身体が持つ限界から自由になったはずの茶色ちゃんも絶対好きなはずだ。ある年のバレンタインデー、未土里が焼いたブラウニーの食べかけを床に置きっぱなしにしたまま樹木がＤＳに夢中になっていて、トーストちゃんがほとんど全部食べてしまったことがあった。クシャクシャになった中身のないラップを舐めるチィちゃんを見た未土里は青ざめた。犬にチョコレートは毒だ。急いでかかりつけ医に電話をかけると、いま元気なら様子を見てください、と言われた。なにもできない未土里は不安になり、そのことを樹木のせいにした。どうしてこうやってなんでも床に置きっぱなしにするの！　その言葉にしょげかえる樹木の前に立ちはだかり、未土里に向かって大きな声で吠えたのは、ほかでもないケイティだった。ちょっと待って、そもそもあんたが盗み食いしたからこんなことになってるのよ、と未土里が困ったようにケイツ・ガールを撫でて言うと、樹木はゲラゲラ笑った。そう、ＰＢはいつだってチャレンジャーでパンク、勇敢なお調子者だった。

沸かした湯で、未土里はコーヒーとルイボスティーを淹れた。キウイとバナナを刻んで入れたヨーグルトを立ったまま食べ、顔を洗って、髪を一つにまとめ直す。ピピちゃんと一緒に踊りたいからと優花先生にお願いして、発表会にはこの髪の色のまま出た。本番前に追加でブリーチをかけたせいで髪が傷んで、ちょっと引っ張っただけでも途中から切れてしまう。切れた髪はところどころで短い毛束になってぴょん、と飛び出している。発表会も終わったし、そろそろ短く切らなきゃいけない。切る前に、睦に写真を撮ってもらおう。ピナさまの尻尾みたいなわたしのポニーテイルの写真。わたしたちのコラボレーション。切り落とした髪は記念に取っておくつもりだ。未土里は飲んでいたコーヒーの酸味に違和感を覚え、シンクに捨てた。去年よりも、コーヒーが美味しく飲めなくなっている。

アウトドア用の長いタンブラーに入れたルイボスティーを持って居間に移動したが、ソファの上で未土里は落ち着かない気持ちになった。一瞬考えたあと、コーヒーテーブルから取り上げたノートパソコンを小脇に抱えてキッチンに戻る。ダイニングテーブルに着席すると、なんだかしっくりきた。未土里の向かいにある睦の席に、自分の椅子を置いて座る。睦の椅子は、自分の席だったところにしまう。ここなら、顔をあげれば祭壇がひと目で見渡せるし、ガスコンロにも近い。

「どうして今までここに座らなかったんだろ」

他に誰もいない家のなかで、未土里は声に出して呟く。それからまた雨の音。パソコンのキーボードを叩く音。ときどき顔をあげ、未土里は祭壇を眺める。PBの写真と肖像画、黄色いひまわり、骨壺、ミルキーウェイ、若かった未土里と樹木。そしてまた原稿に向かう。明日までにあと三つ。一つは絶対仕上げてレッスンに行く。未土里は集中する。ピビちゃんと、一年前のように踊ることだけを燃料に、すべての指をキーボードに走らせる。

初出

翌日　「群像」２０２２年2月号
フィービーちゃんと僕　「群像」２０２２年6月号
灯台と羽虫　「群像」２０２２年9月号
チャイとミルク　「群像」２０２２年10月号
去年の今日　「群像」２０２２年11月号

長島有里枝（ながしま・ゆりえ）

一九七三年、東京生まれ。一九九三年、現代美術の公募展での受賞を経て、アーティストとしての活動開始。一九九五年、武蔵野美術大学造形学部視覚伝達デザイン学科卒業。一九九九年、カリフォルニア芸術大学ＭＦＡ取得。二〇一五年、武蔵大学人文科学研究科社会学専攻博士前期課程修了。二〇〇一年、写真集『PASTIME PARADISE』で第二六回木村伊兵衛写真賞受賞。二〇一〇年、短編集『背中の記憶』で第二三回三島由紀夫賞候補、第二六回講談社エッセイ賞受賞。二〇二〇年、第三六回写真の町東川賞国内作家賞受賞。二〇二二年、『「僕ら」の「女の子写真」から　わたしたちのガーリーフォトへ』で日本写真協会賞学芸賞受賞。日常の違和感を手がかりに、他者や自分との関係性を掘り下げる作品を制作しつづけている。他の著書に『Self-Portraits』『テント日記／「縫うこと、着ること、語ること。」日記』『こんな大人になりました』など。

装幀　名久井直子
装画　青木陵子

KODANSHA

去年《きょねん》の今日《きょう》

二〇二三年八月二二日　第一刷発行

著者　長島《ながしま》有里枝《ゆりえ》

発行者　髙橋明男

発行所　株式会社講談社

東京都文京区音羽二―一二―二一

郵便番号　一一二―八〇〇一

電話　出版　〇三―五三九五―三五〇四
　　　販売　〇三―五三九五―五八一七
　　　業務　〇三―五三九五―三六一五

印刷所　凸版印刷株式会社

製本所　株式会社若林製本工場

ISBN978-4-06-532742-5

背中の記憶　長島有里枝

ふと立ち寄った古書店で手にした画集。描かれた女性に私は大好きだった祖母の姿を見た……。鋭い眼と繊細な筆致が過去の情景をよみがえらせ、感情を揺さぶる短編集。第二六回講談社エッセイ賞受賞作。